지구 산책

지은이_홍채린

2022년 6월. 학생으로서 보내는 마지막 여름 방학에 아빠와 단둘이 2년 만에 열린 하늘길을 걸었다. 둥근 지구를 돌고 돌아 48일간의 여정을 기록.

사실 이번 여행은 내게 운 좋게 주어진 기회였기에 어쩌면 '여행'보다는 '산책'에 가까웠다. 산책을 나섰을 땐 분명 한없이 가벼웠던 마음이 다시 돌아왔을 땐 틈 하나 없이 무언가로 빼곡했다.

그 무언가는 여전히 이름이 없지만, 이번 지구 산책을 통해 다른 이들에게도 이름 모를 온전함을 선물할 수 있기를 바라며.

목차

프롤로그

졸업작품 준비로 인해 학교에서 매일 밤샘 편집을 하다 겨우 마무리를 짓고 약 일주일 만에 귀가했다. 집에서는 씻기만 하고 학교에서 매일 생활한 탓에 오늘에서야 캐리어를 꺼냈다. 공항 출발까지 딱 두 시간.

결국 45일간의 여정을 위한 짐을 1시간 만에 싸 들고 제주 국제공항으로 미친 듯이 뛰어갔다. 역시나 제주답게 내 비행기를 포함한 거의 모든 항공편이 연착되었다. 기진맥진한 채로 공항 바닥에 주저앉아 멍하니 오고 가는 사람들을 하염없이 관람했다. 이 많은 사람들은 어디서 오고 또 어디로 가는 걸까? 집으로 향하는 걸까 아님 집을 떠나온 걸까. 그들의 행방은 묘연하지만 우선 나는 당장 내일 한국을 떠나 지구 한 바퀴를 돈다. 무엇이 담겨있는지도 모를 이 거대한 짐 가방과 액정이 반쯤 나간 아이폰 그리고 든든한 빵기씨와 말이다.

새삼 내가 얼마나 무모한지를 깨달았으나, 그래도 너무 걱정할 필요는 없다며 나를 다독였다. 그저 45일간의 지구 산책을 다녀오는 것뿐이라고. 지구는 둥글기에 천천히 돌고 돌다 보면 다시 내가 서 있던 이곳으로 돌아올 거라고.

40분가량 연착된 비행기를 기다리며 몇 번이고 곱씹었다.

Chapter. 01

United States
Canada

와이키키 해변을 거닐며

머리 위로 자비 없이 쏟아지는 햇살, 드러난 두 팔과 콧잔등 그리고 샌들 새로 발가락이 조금씩 그을려지고 있음을 느꼈다. 이마에는 땀이 송골송골 맺혀 이내 등줄기를 타고 흘러내리고, 더위가 만들어 낸 갈증은 메마른 목을 쓸어내린다.

그 새 나는 제주 바람에 익숙해져, 어딘가 엉성한 바람이 괜히 거슬리는 하와이의 날씨다. 새파랗다 못해 서늘한 와이키키 해변. 가슬가슬 밟히는 모래가 뜨겁다.

설렁대며 움직이는 야자수의 몸짓과 그 밑에서 여유로이 태양을 받아들이는 사람들. 그 태양에 지독히 반짝이는 물비늘을 첨벙대며 파도를 일으키는 사람들. 그리고 그 파도 위로 위태롭게 서핑을 하며 바람을 가르는 사람들. 그 끝에 바다 내음을 가득 담은 실바람이 내 코를 찌른다.

모든 게 느리게 흘러가는 지금, 시간이 멈출 것만 같아 가슴이 두근댄다. 이토록 행복하면 조금은 두려워지니까. 그럼 나는 두 눈을 꼭 감고 다시 한번 머릿속에 나의 바다를 그린다.

바다를 구성하고 있는 작은 생명체들이 모여 비로소 온전한 공간이 만들어지고, 바로 그 온전함을 통해 바다로부터 위안을 얻는 나를 그리고 우리를 기억한다. 그제야 어렴풋이 들려오는 파도 소리와 나의 바다가 만나면 용기를 내 눈을 게슴츠레 떠본다.

역시 바다는 바다였다.

THE FOLLOWING ARE P
ALCOHOLIC BEV
ANIMALS
CAMPING
FIREWORKS
TENTS
LITTERING
OPEN FIRES
MOTORIZED VE
HORSESHOE PL
SHOPPING CARTS

SMOKI
PROHIBI
BY LA

황혼의 시간대

해가 질 무렵, 빵기씨로부터 쌈짓돈을 받아 홀로 산책을 나왔다. 종종 혼자 무언가를 하는 일을 애정하고, 또 이로부터 거대한 성취감을 얻는 편이다. 무엇보다도 이번 여행에서는 조금이나마 독립된 시간을 가져보고 싶었다.

하와이의 어둑한 시간대가 좋았다. 숙소를 나와 해변가로 몸을 돌리자 지고 있던 노을. 야자수의 실루엣 뒤로 보이는 경계가 명확했던 낮과 밤의 만남. 왜인지 모르게 가슴이 벅차올라 제멋대로 눈시울이 뜨거웠다. 아마 그건 내가 여행 왔음을 그제야 실감했기 때문이지 않을까. 아랫입술을 꼭 물고 그 광경을 사진으로 남길 뿐이었다.

울렁이는 가슴을 안고 마트에 들러 작은 기념품과 내일 아침으로 먹을 초밥을 사들고 잠시 해안선을 따라 걸었다. 끝없이 부서지는 파도를 보니 그런 생각이 들었다. 내가 일산을 떠나 제주에서 살고 있듯, 만약 내가 미국에서 태어났다면 하와이에서 살고 있지 않았을까? 나는 섬 특유의 여유로움을 사랑하는 사람이니까. 느리게 흘러가는 게 더할 나위 없이 자연스러운 환경이 나는 미치도록 좋다.

배고픈 아시안으로 여행한다는 것은

투어를 갔다. 우리와 한 커플을 제외한 모두가 서양인이었다는 건 꽤나 신선한 충격이었으나, 투어 자체는 나쁘지 않았다. 나는 끔찍한 더위를 피해 버스를 타고 다니며 하이라이트를 효율적으로 캐치할 수 있는 점을, 빵기씨는 자신이 맡은 일에 열정적인 모습을 보인 가이드를 마음에 들어했다. 그러나 딱 하나의 사건으로 인해 우린 격분하게 되었다. 여행 2일차 만에 말이다.

정오가 되어가자 점심 식사를 위해 가이드가 버스에서 미리 메뉴를 주문받기 시작했다. 아마 식당에 미리 연락을 취해 음식이 준비될 즈음 우리가 도착하는 시스템인 듯 보였다. 빵기씨와 나는 메인 메뉴 두 개와 디저트 하나를 주문했고 가격은 총 44$였다. 그렇게 도착한 분위기 좋은 야외 식당. 우쿨렐레를 치며 하와이의 전통 음악을 노래하던 가수와 공연을 즐기며 식사를 하는 사람들. 빵기씨는 주문한 음식을 받아오기로 했고, 나는 명당자리를 잡아 놓기로 했다. 마음에 쏙 드는 자리에 앉아 오르내리는 개미들을 한참을 관찰하고 있을 때 즈음, 언성이 높아진 익숙한 목소리가 들려왔고, 뒤를 돌아보니 몸짓이 커진 빵기씨가 보였다. 놀란 가슴을 부여잡고 곧장 아빠의 곁으로 달려가 상황을 파악했다. 대충 캐셔가 44$인 가격을 67$라며 우기고 있는 상황. 그들의 주장은 우리가 본 메뉴판이 구 버전이고 지금은 가격이 조금씩 인상되었다는 것이었다. 자세히 확인해 보니 가격에 약간의 차이는 있었다. 그러나 아무리 계산해 보아도 48달러 정도가 최대인데.. 이건 분명 동양인이라고 오버차지를 하는 것이었다.

어렸을 적 1년간의 유학 생활로 덕을 보게 되면 부모님께 한없이 감사해지곤 하는데, 지금 이 순간 저 벙 찐 표정을 보니 감사함을 넘어 극도의 희열감을 느꼈다. 처음 한두 번은 말도 안 되는 소리로 끝까지 우길 기세더니, 끝없는 말싸움에 줄이 밀리기 시작하자 한 고집하는 아시안 부녀를 상대로 술수가 통하지 않음을 직감했나 보다. 갑자기 여직원은 홀연히 주방으로 사라지더니 잠시 후 웬 남직원이 나타나서는 "왓?"이라고 퉁명스러운 한 마디를 내리꽂는다. 위기였다. 한국인에게 같은 말을 세 번 이상 설명하게 하다니. 게다가 저딴 태도로? 단전에서부터 화가 솟구쳐 올랐지만, 이미 우쿨렐레를 연주하고 있는 음악인 보다 금방이라도 음식으로 직원들의 머리를 연주할 것 같은 두 한국인에게 이목이 쏠리고 있었고, 우린 더 이상 큰 씬을 만들고 싶지 않았다.

나는 마지막으로 차분히 계산기를 두들기며 억울함을 호소했다. 정말이지 이번에도 우긴다면 이미 목 구멍까지 차오른 된소리가 입 밖으로 저항 없이 튀어나와버릴 것만 같았다. 듣는 시늉만 하던 그는 한참을 입술을 비죽대더니 기껏 한다는 소리가

"너희 분명 메뉴 4개를 시켰는데 왜 이제 와서 3개라고 하는 거야? 포스기에도 4개로 찍혀 있는데. 지금 괜히 가격 책정이 이상하다고 오해하고 있는 것 같은데, 우리는 아까부터 계속 동일하게 설명했어. 아마 너희가 이해를 못 했나 보지. 지금이라도 빼줄 테니 계산하자. 캐시 오얼 카드? "

저런 허무 맹랑한 소리를 눈 하나 깜빡이지 않고 하다니. 게다가 우린 알아주는 동방예의지국 사람들로써 저 애티튜드를 당최 납득할 수 없었다. 그리고 다시 한번 깃털보다 가벼운 단어가 입 밖으로 튀어나왔다.

"쏘리~."

웃긴 건 어떤 메뉴를 적용하여 계산해도 67$는 결코 나올 수 없는 가격이었다. 뭐 그들만의 계산법이었던 건지.. 당최 알 수도, 알고 싶지도 않지만 결국 44$는 48$가 되었고 우린 더 이상 싸울 기력이 남아있지 않아 계산을 해야만 했다. 결국 나름의 지조를 지켜내던 우리는 시원하게 된소리를 뱉어주고는 자리에 돌아와 드디어 음식을 입에 넣을 수 있었다. 역시 맛은 지지리도 없었다. 그 기분으로는 뭐든 별로였겠지만은.

여행 둘째 날 우린 적나라한 인종 차별을 당했다. 오버차지 사건
은 그 곳에서 유일한 동양인이었던 우리에게만 일어난 일이다.

배고픈 아시안을 건들다니. 상대를 골라도 단단히 잘못 골랐다.

첫번째 터닝 포인트

13년 만에 다시 발을 들인 단풍국 밴쿠버. 10살이었던 꼬마가 23살이 되어 돌아왔다. 1년이라는 시간이 역시 짧지는 않았던 걸까. 공항에 스며 있는 빛바랜 초록빛이 어딘가 익숙했다. 선잠에서 깨어나 어렴풋이 지나가는 몇 장의 사진처럼 그때의 조각들이 아련히 잔상을 남겼다. 공항을 나가니 이번엔 상상 이상으로 쌀쌀한 바람이 우리를 맞이했다. 그래 캐나다의 초여름은 이랬지. 파랗고 높은 하늘에 손끝이 살짝 시리던.

초등학교 3학년부터 4학년까지 1년간의 유학 생활을 하며 다녔던 Walton Elementary School에 방문했다. 이곳은 발길이 닿는 곳마다 익숙하고, 시선이 닿는 곳마다 초록으로 물들어 있는 내 인생의 첫 번째 터닝 포인트다. 언젠가 이곳이 정말 그리워질 때가 있었는데, 그 기억조차도 오늘에서야 살며시 고개를 내밀었다. 언제 잃어버렸는지도 몰랐던 무언가를, 이사하는 날 먼지 뭉텅이가 된 채로 발견한 기분이랄까. 그 발견은 달콤했고 동시에 가슴이 사무치게 미어졌다.

쉬는 시간인가 보다. 작은 아이들이 밖을 뛰어다니며 내는 때 묻지 않은 웃음소리는 나의 10살 기억을 들춰내기에 충분했다. 한국과 캐나다의 학교가 가장 큰 차이점을 두고 있던 것은 바로 쉬는 시간. 매 교시가 끝날 때마다 20분간의 쉬는 시간이 주어지는데, 무조건 밖을 나가 자연과 함께 어우러져 시간을 보내야 하는 것이 특징이었다. 밖으로 나가지 않으면 학교 내부를 지키는 (학부모) 슈퍼바이저들에 의해 어떻게든 쫓겨나는 시스템. 이는 굉장히 엄격했음을 기억한다. 나가서 뛰어놀지 않으면 혼이 나는 상황이라니…. 당시에 나는 10분이라는 짧디짧은 쉬는 시간에 아쉬움이 가득했던 한국 꼬마로써 누구보다 신나게 뛰어놀 준비가 되어 있었다.

가장 애정 하는 기억은 쉬는 시간을 알리는 종이 우렁차게 울리면, 교실 문을 뛰쳐나와 커다란 단풍나무 밑에 위치한 시소를 타는 것이었다. 그 당시 우리 사이에서는 Cherry bump가 유행이었는데, 이는 시소가 한 쪽으로 기울어질 때 있는 힘껏 낙하하면 그 반대편 사람이 붕 떠오르는 행위였고, 단연 10살이 즐길 수 있는 최고의 스릴감이었다. 언제나 첫 번째로 달려가 시소를 차지하면, 다들 시소 옆에 길게 줄을 서 애타게 차례를 기다린다. 바닥에는 단풍나무에서 떨어진 작은 부메랑의 형태를 띤 씨들과 단풍잎들이 사각사각 밟혔고, 차갑고 깨끗한 공기가 기분 좋게 코와 입을 타고 작은 몸을 순환했다. 그리고 입 밖으로 뱉어지는 행복의 형태. 뽀얗고 짧았음을 강렬히 기억한다.

젤라또

젤라또를 사들고 잉글리시 만을 잠시 걸었다. 빵기씨 다리가 안 좋아 보인다. 왜인지 자꾸 절뚝인다. 수평선의 윤슬이 반짝이다 못해 정신이 아득해질 정도로 하얗게 발광하니, 나도 어느새 희뿌연 그 너머를 조용히 응시하고 있었다.

기계적으로 떠먹고 있는 이 젤라또가 무슨 맛이었는지조차 점점 희미해져갈 즈음, 갑자기 덜컥 겁이 났다. 여행은 이제 시작인데 아빠한테 무슨 일이 생기면 어쩌지? 내가 어떤 대처를 해야 할까. 아니면 내가 지금 미리 대비할 수 있는 일은? 아빠가 챙겨 먹는 약이나 지병은 미리 기입해 두기는 했는데.. 근처에 병원을 알아둬야 할까? 온갖 걱정거리들이 머리를 지배하기 시작했다. 어릴 적 아빠의 손을 잡고 먹던 젤라또는 마냥 달고 맛있었는데, 이젠 달콤한지도 맛있는지도 잘 모르겠다.

아빠를 쓱 쳐다봤다. 젤라또를 머금은 채 마냥 좋아 보인다. 그러고 보니 아빠가 언제부터 단 걸 좋아했더라? 내 컵에 있던 젤라또는 어느새 형태 없이 전부 녹아버렸다. 날이 쌀쌀해도 해는 쨍쨍하구나. 왜인지 모르게 위로가 된다.

그때 그 뉴욕을

어딘가 바빠 보이는 사람들과 제이워크가 난무하는 횡단보도. 빌딩 숲과 퀴퀴한 매연 냄새에 둘러싸여, 우리도 괜스레 바삐 발걸음을 재촉해 보았다.

나는 어렸을 적 마주했던 자유의 여신상에 대한 공포심이 조금 남아 있다. 거대하고 푸르스름한 것이 초점 없는 눈망울로 바다 한가운데에 우뚝 서서, 횃불과 책을 들고 있는 게 어째서 자유의 여신상이라는 이름을 얻게 된 건지 의아했다. 무엇보다 배를 타고 바로 밑에서 올려다보던 그 모습은 기괴하기까지 했는데, 그런 내 마음을 알 리 없는 빵기씨는 내게 캠코더를 들이밀며 연신 "캐씨 스마일~"을 외치던 그런 장면이 깊숙이 남아 있다.

그리고 지금, 그때 그 자유의 여신상이 맞나 싶을 정도로 귀여운 사이즈다. 빵기씨는 여전히 카메라를 들이밀며 한결같이 내게 말을 걸고, 나는 전보다 여유로워진 모습으로 스마일을 뽐내고 있다. 그새 많이 커버렸나 보다.

혼란 속의 질서

오만가지 빛깔로 물든 타임스퀘어. 제로 콜라 한 병을 사들고 가장 높은 계단 위에 자리 잡았다. 번쩍이는 형형색색의 전광판들 밑으로 어마어마한 인파가 몰려 있다. 처음에는 어색했지만 우리는 서서히 그들과 어우러져 하나가 되어가고 있었다.

뉴욕은 참 바쁘고 이상하며, 마냥 낭만 있는 도시는 아니다. 길가에 한가득 쌓여 있는 쓰레기들, 열 걸음마다 훅 올라오는 오물 냄새 무언가를 계속 요구하는 노숙자들과 너무 당연해져버린 제이워크까지. 근데 그런 모습들이 오히려 뉴욕을 현실적이고 생동감 있는 공간으로 만들었고, 사람 냄새가 났다. 혼란스러움 틈에서도 그들은 그들 나름의 질서와 시스템이 구축되어 있었고, 늘 그래왔듯 제대로 굴러가고 있었으니까.

지구 산책을 마친 뒤에도, 빵기씨는 뉴욕이 가장 좋았다고 말한다. 조금이라도 더 드라마틱 하거나 이국적인 곳이 아닌 혼란 속의 질서가 있는 뉴욕이 그래도 좋다고 말한다.

(감히 한 마디 덧붙이자면, 빵기씨는 쉑쉑 버거와 사랑에 빠졌다. 그게 한몫을 했던 게 아닌가.. 뭐 그렇게 여기고 있다)

47

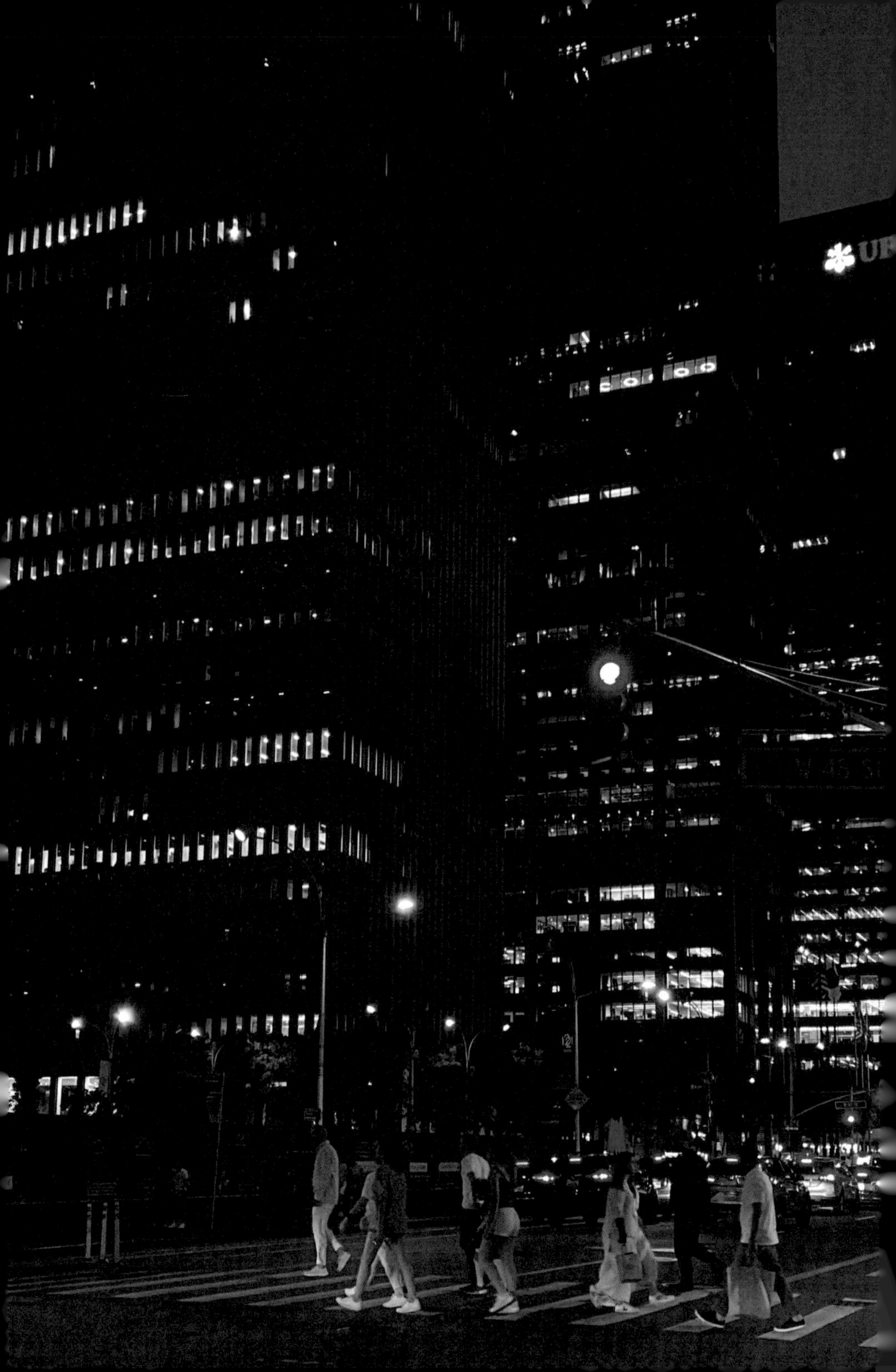

Chapter. 02

United Kingdom
France
Switzerland
Italy
Greece

클래식 런던

꼬질꼬질한 하늘 텁텁한 공기. 오락가락하는 얇디얇은 빗줄기와 칙칙한 잿빛이 도는 이곳. 런던에 도착했다. 대낮부터 야외 테이블에 서서 맥주를 들이켜는 사람들이 눈에 띈다. 그들의 얼굴에는 활기가 넘친다. 축축하고 다운된 분위기 속 에너지를 단번에 끌어올려 주는 최고의 수단이자 문화가 아닐까 싶었다.

코번트 가든에서 대충 끼니를 때우기로 했다. 2층으로 올라가 먹을 만한 것들이 있는지 둘러보다, 한적한 베이커리에서 샌드위치 두 개와 처음 보는 브랜드의 콜라 그리고 커피 한 잔을 주문하고는 자리에 앉았다. 가게 내부는 보기보다 협소했지만 빵기씨와 나를 수용하기엔 충분했다. 10분 정도 기다렸을까? 따끈하게 데워져 나온 샌드위치와 커피 그리고 콜라가 우리 앞에 놓였다. 노릇노릇하게 구워진 샌드위치를 한 움큼 물었으나, 맛은 영.. 아니었다. 그래도 허기진 배를 달래기 위해, 또 빵기씨를 안심시키기 위해 나는 최선을 다해 먹는 시늉을 했다.

그때, 미세하게 열린 문틈 새로 바이올린의 선율이 흘러 들어왔다. 샌드위치를 먹다 말고 무언가에 홀린 듯 밖을 나가보니 1층 모서리 한편에서 작은 합주가 이루어지고 있다. 그 순간이 너무 영화 같아서 눈을 깜빡이는 법도 잊은 채 난간에 기대어 한참을 감상했다.

클래식에 대해서는 문외한이지만, 모든 게 미화되고 있음을 분명 느꼈다. 입안에서 사라지지 않던 딱딱한 샌드위치도, 꿉꿉하다 못해 울적한 영국의 날씨도, 엘리베이터 따위는 존재하지도 않는 열악한 숙박업소도, 크게 뒤통수를 맞은 환전소도 모든 게 용서가 되는 순간이었다.

시차에 적응하지 못해 찌뿌둥 했던 몸과 마음이 산뜻해짐을 기억하며.

UNDERGROUND
UNDERGROUND
EARL'S COURT STATION
BUREAU
CHANGE
ADVERTISE HERE

은은한 날

다시 한번 시차가 5시간 정도 벌어지자 아침이고 밤이고 눈이 감겨왔다. 숙소에 체크인을 하고 5층까지 계단을 바싹 올라 짐을 내동댕이 친 채 우린 6시간을 쭉 잤다. (기절했다고 봐도 무방하다) 이질감이 느껴질 정도로 고요해졌을 때 즈음 번뜩 눈이 떠졌다. 창문 밖으로 보이던 싱그러운 나무는 온데간데없고 어느새 어둠이 온 세상을 집어삼킨 뒤였다. 배꼽시계는 또 이상하리만큼 정확해서 어서 밥을 먹으라고 독촉한다. 산발이 된 머리를 동그랗게 말아 올리고, 숙소 근방에 있는 이탈리안 식당으로 향했다.

저녁 시간대라 그런지 매장 안에는 이미 자리가 꽉 찼다. 설령 내부에서 먹을 수 있다고 하더라도 거리 두기는 전혀 이루어지지 않고 있는 데다가, 실내 흡연도 가능해서 금세 마음을 거뒀다. 테이크 아웃으로 빵기씨가 먹고 싶다는 파스타, 내가 고른 리조또, 그리고 야채스프를 주문하고 밖에 나가 기다렸다. 밤이 되니 살짝 쌀쌀했고, 런던과 잘 어울렸다. 우린 서둘러 온기 가득한 음식을 품에 안고, 마트에 들러 아침에 먹을 것들까지 사서 돌아왔다. 사실 숙소에는 마땅히 밥 먹을 공간도 없어서 검은 비닐을 침대 위에 깔고 음식 세팅을 해야만 했다. 새삼 우리의 처지가 안쓰러워 헛웃음이 터져 나왔다. 그래 집 나오면 개고생하는 거지 뭐.

음식은 요 근래 먹었던 것들 중에 손에 꼽힐 만큼 맛있었다. 특히 야채스프가 빵기씨 입에 맞았나 보다. 뜨끈한 국물을 연신 들이켜 건더기만 한가득 남은 요상한 꼴이 되었지만, 오래간만에 속이 뜨거워서 좋다며 빵기씨 눈이 잔뜩 휘었다. 보기만 해도 배부르다는 게 이런 거구나. 아빠가 맛있게 먹는 걸 보니까, 나도 기분 좋게 식사를 마칠 수 있었다.

특별할 게 없는 평범한 날. 은은한 미소가 은은한 행복이
은은한 특별함을 낳는다. 고로 오늘은 은은히 기억될 날.

LOOK LEFT

LOOK RIGHT

납작이

과일이 싸다. 특히 납작 복숭아는 영국에 와서 가장 많이 먹은 과일 중 하나이다. 일반 복숭아와 다른 점이 있다면, 이름답게 납작한 형태라 먹기 쉽고 당도가 높다는 것. 숙소로 돌아오는 길에는 항상 EARL'S COURT 역을 거치는데, 그 앞에 위치하고 있는 과일 상점에서 우린 다양한 과일들을 구매해야만 발 걸음을 뗄 수 있었다. (그중 8할은 늘 납작이)

일정을 마치고 먹는 납작이는 마치 오아시스와도 같았다. 그 달콤한 과육이 모든 피곤을 달래 줄 걸 알기에, 하루를 부단히 움직이고 숙소로 돌아가는 길은 늘 설렘뿐이었다. 여전히 그 달콤함이 그립다. 빵기씨도 간간이 납작이는 왜 한국에서 구매할 수 없는 건지 불만을 토로하곤 하는데, 그만큼 납작이가 런던 여행에서 빠지려야 빠질 수 없는 역할을 톡톡히 해냈다는 거겠지.

납작이는 진정 맛이 달랐던 걸까, 아님 우리가 그 기억을 미화시켰을 뿐일까?

색안경

낭만을 빼고는 도저히 설명할 수가 없는 도시 파리. 어딜 가던 옛 모습이 고스란히 남아 있는 것 자체가 낭만 아닌가. 이토록 아름다운 도시의 한결같은 모습을 지금의 세대가 함께 공유할 수 있음에 벅찼다.

사실 프랑스에서는 새삼 언어의 장벽을 느꼈다. 하와이-캐나다-미국-영국까지도 전부 영어권이었으니까. 그런데 그 높은 장벽이 사람들의 친절함으로 무력하게 부서져 내렸다.

툭 까놓고 말해서 유럽여행 = 소매치기라는 타이틀은 여행자들 사이에서는 하나의 공식이기에, 우린 이미 마음도 채비도 단단히 준비하고 여행길에 올랐다. 그런데 그 준비가 무색할 만큼 사람들은 우리에게 친절을 베풀었다. 프랑스는 영문 표기가 적은 편이기에 숙소에 가기 위한 전철 표 구매부터 첫 번째 난관이 되어버렸고, 그 덕에 기계와 주먹다짐을 하기 일 보 직전이었던 우리를 발견한 현지인이 다가와 도움의 손길을 내밀었다. 문제는 말이 전혀 통하지 않아, 한쪽은 프랑스어 한쪽은 영어에서 서서히 한국어가 튀어나오기 시작했고, 이내 지하철 한복판에서 '다국적 버전 몸으로 말해요'가 시작되었다. 답답할 만도 한데, 결국 본인의 일처럼 끝까지 남아 문제를 해결해 주셨고, (그러면

안 될 테지만) 게이트를 뛰어넘어 지하로 향하는 계단을 동행했으며 짐까지 들어주셨다. 마지막으로 구글맵과 기차의 방향까지 완벽하게 매치하는 것까지 확인하시고는 유유히 그 자리를 떠났다. 살면서 누군가의 뒤통수에 그렇게 땡큐를 연신 외친 건 처음이었다. 잊을 수 없는 빨간 스냅백과 후드티, 카키색 카고 바지 그리고 백팩. 다시 한번 이 챕터를 통해 감사한 마음을 전한다.

그 외에도 낯선 사람들로부터 받은 도움이 너무 많았고, 하루가 온통 감사함으로 가득했는데, 그제야 무언가를 깨달았다. 나도 모르는 새에 쓰고 있던 색안경이 벗겨지는 순간이었다. 어딜 가나 악은 존재한다. 그렇다고 선이 없는 게 아님을 기억해야지.

놓아주는 법을 기른다는 건

파리는 비행기가 아닌 기차를 타고 넘어왔다. 깊은 바다 밑으로 이동을 한다는 건 굉장히 생소하면서도 멋진 일이었고, 동시에 끝없는 어둠은 내게 공포를 심어버렸다. 눈을 지그시 감고 다른 생각을 하다 보니, 어느새 지상으로 올라와 이미 해가 다 져버린 채, 남색으로 물들고 있는 하늘이 마냥 반가웠던 나였다. 그렇게 무사히 도착한 숙소에서 마음이 조금 놓이려는데, 곧바로 문제가 발생했다. 런던의 기차역에서 분명히 있었던 빵기씨의 핸드폰이 파리에 도착했을 때 사라진 것.

빵기씨는 물건을 오래 쓴다. 웬만한 것들은 아빠의 손에서 수명을 다하지도 잘 사라지지도 않는다. 그래서인지 완벽주의에 가까운 빵기씨가 핸드폰을 잃어버린 것은 보통 충격적인 사건이 아닐 수 없었다. 핸드폰을 어디에서 놓쳤는지 또 언제 마지막으로 사용했는지 도통 모르는 눈치였다.

이동하는 과정은 여행을 하는 데에 있어서 가장 날이 서는 시간이기 때문에, 이미 신경 쓸 것들이 차고 넘쳐 핸드폰은 여권, 캐리어, 현금에게 순위가 밀리고 만 것이었다. 우린 모든 짐을 샅샅이 뒤졌고, 정말 혹시나 하는 마음에 호텔 CCTV도 확인해 보았으나, 빵기씨가 5년간 깔끔하게 써 온 핸드폰은 영영 종적을 감추고 만 듯했다. 아빠는 잠시 생각을 정리하는 듯하더니 이내

"어쩔 수 없지 뭐"

한 마디를 던지고서는 쿨하게 씻으러 화장실에 들어갔다. 빵기 씨로부터 처음 보는 모습이었다. 그렇게 정든 물건을 미련 없이 휙 보내주는 모습에 매정하다고 느껴지기까지 했다. 나는 다음 날이 되고서야 조심스레 핸드폰에 중요한 건 없었는지 마음은 추슬렀는지 물을 수 있었다.

아빠는 그렇게 말했다. 여행을 하다 보면 놓아주는 법을 길러야 한다고. 지나간 일에는 후회가 없어야 하며, 최선을 다했음에도 어쩔 수 없는 것들은 가끔 포기해야 하고, 거기에서 그치는 것이 아니라 가슴 깊이 새겨 실수가 반복되지 않도록 노력을 다해야 하는 것이라고. 여행에서 후회란 가장 바보 같은 것이라고.

다양한 경험으로부터 느껴지는 연륜, 늘 진중하고 배울 점이 참 많은 어른 빵기씨지만, 이는 앞으로의 내 여행과 인생에 크게 영향을 끼칠 명언이었다. 그리고 나는 여전히 놓아주는 법을 기르고 있지만, 이젠 안다. 놓아준다는 것은 결코 잃는 게 아님을.

비행기를 놓쳤다

드골 공항에서 정말.. 정말 많은 일이 있었지만, 결국 비행기를 놓친 우리의 잘못이기에 글을 쓰고 또 지우고를 몇 번을 반복하다 덧없이 스위스에 도착한 이후부터 적어보고자 한다.

밤 10시가 되어서야 스위스 취리히 공항에 착륙했다. 그러나 우린 10시 40분에 출발하는 인터라켄 서역행 막차를 타야만 했고, 이는 베른에서 한 번의 환승을 요하는데, 우리에겐 단 2분이 주어진다. 그 기차를 놓치면 우린 외딴곳에서 숙소를 잡거나 최악의 상황에는 노숙을 택해야만 했다. 그 어느 때보다도 떨리는 마음을 안고 베른행 기차에 올랐다. 대충 이런 루트다. 기차에서 내리면 에스컬레이터를 타고 올라가서 다시 B 구역으로 내려가 환승을 하는데, 이걸 정확히 2분 안에 해야 하는 상황. 내가 홀몸이었다면 모르겠지만, 아빠의 다리 상태는 이미 악화되었고, 설령 기차를 탔다고 해도 반대편으로 가는 걸 타버리면 그 또한 어찌할 도리가 없었다. 뭐하나 정돈된 것 없이 구글 맵을 통해 환승 게이트를 체크하고, 몇 번이고 머리에서 시뮬레이션을 돌리는 것 밖에는 할 수 있는 게 없었다. 어느새 베른 진입. 손이 바들바들 떨려 캐리어 손잡이를 있는 힘껏 붙잡았다. 빵기씨에게 어떻게든 내 뒤에 꼭 붙어 최대한 빨리 따라오라는 으름

장만 놓은 채 기차의 문이 열렸다. 미친 듯이 에스컬레이터로 달려가 캐리어를 둘러메고 계단을 탔다. 그리곤 구글맵에 표기되어 있는 B 플랫폼으로 건너가 다시 쏜살같이 뛰어 내려갔다. 어쩌다 보니 아빠와 나의 간격은 살짝 벌어졌고, 이는 기차가 떠나기까지 1분도 채 남지 않은 시점이었다. 우선 구글맵을 곧이곧대로 맹신하며 표기되어 있는 목적지에 도착했다. 글쎄.. 내 앞에 정차 되어 있는 이 기차라는 확신이 서진 않았지만, 어쨌든 우리의 선택권은 단 하나뿐이었으니 될 대로 되라는 마음으로 기차에 올라탔다. 아빠는 다리가 많이 아팠는지 계단에서 몇 번을 절더니 겨우 기차에 올라탔고, 바로 그 순간 기차는 문을 닫은 채 1초의 오차 없는 출발을 했다.

이 칸에는 우릴 제외하고 아무도 없었다. 자리는 빨갛게 물들어 있었고, 철로가 마찰을 내는 소리를 제외하고는 정말 고요했다. 기차의 벽에 적힌 노선을 확인해 보니 인터라켄 서역을 향하고 있었고, 그제야 긴장이 풀려 계단에 주저앉아 펑펑 울기 시작했다. 기쁨, 슬픔, 분노, 안도, 희열 온갖 감정들이 뒤섞여 마냥 벅차오를 뿐이었다. 우린 그렇게 스위스 인터라켄으로 향했다.

느림의 미학

내가 이번 여행을 왜 산책이라 부르는지, 얼마나 가벼운 마음가짐으로 임했는지를 알 수 있는 일화 하나를 꼽으라면, 바로 알프스산맥에 연두색 반팔 원피스를 입고 등반한 것이다. (대체 무슨 생각이었는지.. 나도 나를 이해할 수 없다)

우선 빵기씨는 야무지게 겉옷을 챙겼지만, 숙소에서 나가는 순간까지도 반팔 원피스에 샌들을 신은 하이디 소녀를 말리지 않았다. 정말 언질조차 없었다. 그 덕에 산을 오르면 오를수록 옷이 두껍게 포개지고 있는 사람들을 되려 이상하게 여긴 나였고, 소복이 쌓인 눈을 보고서야 무언가 잘못되었음을 인지했지만, 이제 와서 돌아가기엔 정상이 코앞이었다. 그렇게 오기가 생겨버린 나는 샌들만 신은 채 알프스 융프라우의 백야를 기어코 밟았고, 동상이라는 훈장을(?) 얻은 후에 내게 끝내주는 만 원짜리 신라면 소컵을 선물했다. 하산하는 기차에서 만난 한국인분께서 건넨 반절 녹은 린트 초콜릿은 새로운 맛에 눈을 뜨게 해주었고, 입안 곳곳에 달콤함을 머금은 채 나누는 소박한 대화는 빵기씨를 또 나를 웃게 했다. 느릿느릿 움직이는 스위스의 기차로부터 우린 답답함이 아닌 느림의 미학을 선물받았다.

그 작디작은 것들이 차곡이 쌓여 스위스는 우리에게 진정할 시간을 내어줬던 것 같다. 여기저기 할퀴고 짓눌리고 고름 진 우리의 마음을 돌아보고 그중 몇 가지는 배움으로 승화시킬 수 있는 기회를 준 게 아니었을까. 우선 당장은 모든 게 여유롭고 평화롭다. 아름답다는 말로는 결코 일축할 수 없는 대자연의 웅장함과 이를 거의 완벽한 모습으로 보존하고 있고 또 그럴 수 있음을 입증한 그들의 노력을 하염없이 존경하며 스위스 인터라켄에서의 첫째 날 일정을 끝냈다.

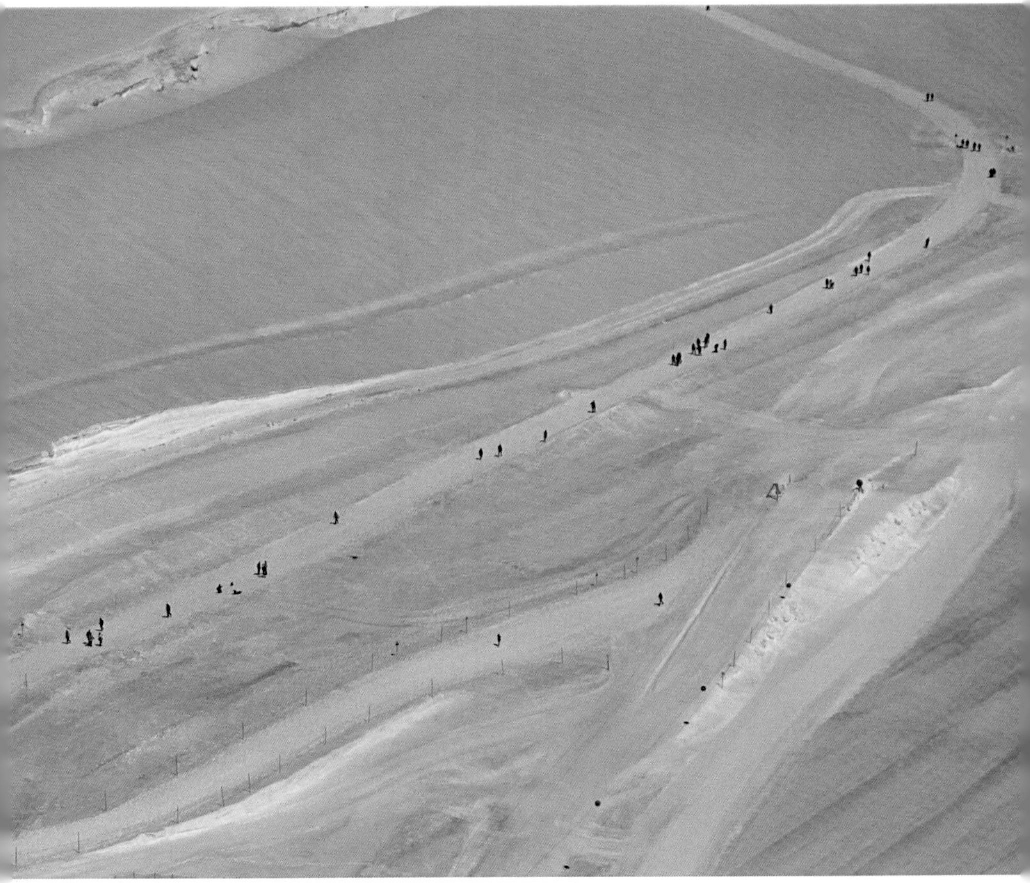

온기 스민 우연

버스를 잘못 탔다. 다음 정거장에서 내리려고 했는데, 텀이 꽤
큰 모양이다. 애간장을 녹이며 한참을 나아가던 버스가 드디어
멈춘다. 급히 내린 정류장 맞은편으로 우릴 반갑게 맞이해 주던
툰호. 그치만 바이크 트립 일정이 있었기에, 왔던 곳으로 다시
돌아가는 방법을 찾기 시작했다. 그때, 버스에서 우리와 함께 내
렸던 백발 할아버지와 그의 손을 꼭 붙잡고 있는 손주가 우리에
게 넌지시 말을 걸어왔는데, 이 정류장에는 버스가 1시간 간격
으로 있음을 귀띔해 주셨다. 벙찐 우리의 표정을 보시더니, 망설
임 없이 데려다주겠다며 자신의 차를 가리키며 미소를 건넨다.
작고 빨간 올드 카였다. 4살 남짓으로 보이는 손주는 어서 집에
가자고 할아버지의 손을 잡아당긴다. 그래 괜히 우리 때문에 왔
던 길을 다시 되돌아가게 하고 싶지 않았고, 결국 이곳에 도착하
게 된 이유가 다 있을 거라는 생각에 감사하지만 마음만 받겠다
며 인사를 건넸다.

그렇게 우린 툰호에서의 1시간을 얻었다. 이리도 투명할 수 있
나 싶을 정도로 새파랗던 호수. 이것도 다 운명이라며 일말의 망
설임도 없이 바지를 걷어 올리고 호수에 발을 담갔다. 그 서늘
한 온도가 살에 직접 닿았을 때 비로소 스위스는 현실로 다가왔
다. 오로지 고요함뿐이던 툰호. 빵기씨와 대화 없이 한참을 거닐
다 문득 이곳에 다시 방문하기로 다짐했다.

나무 밑 그늘에 수영복을 입은 채 앉아 여유로이 책을 읽으시던 할머니. 배낭 하나 메고 자박 자박 걷다 오리들에게 빵 부스러기를 던져 주고는 툰호에서 수영하던 한 소녀. 정류장이 아닌 위치에 서있던 우리가 버스를 놓쳐, 급히 뛰어가자 잠시 기다려 주던 기사님, 세번이나 엎어졌지만 다시 일어나 바이크 트립을 완주한 빵기씨, 이젠 입이 아플 지경인 스위스의 아름다운 대자연, 믿을 수 없는 물가로 우리를 까무러치게 한 납작이 그리고 모든 것들, 충격적인 맛으로 인해 절반도 먹지 못한 채 외면한 스위스의 전통 음식 퐁듀, 6시만 되면 세상에 우리밖에 남지 않은 듯한 적요함까지도.

그 모든 온기 스민 우연이 그리워질 테니.

오리지널이란

이탈리아 사람들이 우리나라의 파스타나 피자를 보고 경악을 금치 못하는 장면들은 미디어에서 쉽게 접할 수 있는 모습이다. 그래서인지 로마에서 머무는 동안 기대했던 건, 사실 그들의 근본을 만나는 것이었고 당연히 나의 기대치는 높아질 수밖에 없었다. 그게 문제였건 걸까.. 다른 의미로 놀라움을 감출 수 없던 맛이었다. 짜고 뻑뻑했던 카르보나라는 다른 식당에서도 거의 비슷한 맛을 표현하고 있었고, 이미 다양한 크러스트와 토핑에 익숙해진 나는 이탈리아의 피자를 평범하고 밋밋한 존재로 인식할 수밖에 없었다. 그들에게 우리의 레시피는 충격적이고 납득할 수 없는 짬뽕일 테지만, 이미 퓨전에 익숙해져 버린 나의 편협한 입맛은 오리지널을 낯설게 만들어, 되려 혼란스러운 상황의 연속이었다.

그 충격은 조금 오래갔을지도 모른다. 내가 좋아하는 음식들을 모두 의심하게 되었으니까. 스위스에서의 퐁듀만 해도 그렇다. 전통 퐁듀에서는 와인 맛이 나 음식을 웬만해서는 남기지 않는 빵기씨 조차도 세 입만 먹고 외면했듯, 내가 아는 감바스의 맛이 마라탕의 맛이 혹여 초밥의 맛이 사실 오리지널과 다르다는 것은 상상만 해도 충격적이었다. 새삼 세상은 넓고, 경험은 소중하며, 인간은 무지하다.

오리지널이란 무엇일까. 그 의미에 대해 곱씹게 되었다. 무엇이든 '시작' 그리고 '전통'은 근사하고 고유한 것이라고 여기는데, 이번 기회를 통해 퓨전에 대한 생각이 많이 바뀌었달까. 고유하고 대표적인 것들이 변질 되거나 사라지는 것에 대한 아쉬움과 약간의 분노가 사그라드는 계기가 되었다. 무언가가 뒤섞이는 것들에 대해 긍정적인 마음을 갖게 되었고, 그것이 본연의 것을 해한다는 기존의 생각은 어떻게 보면 발전 또는 새로운 시작일 수도 있겠다는 낙천적인 시선을 얻게 되었다. 오리지널이 잊히지만 않는다면 퓨전 또한 좋은 것이 될 수 있지 않을까?

그들의 손이 포개진 곳

어렸을 때부터 부모님의 여행 사진 중 가장 애정 하던 것이 있다. 어느 나라인지 어느 곳인지는 모르겠지만 장난기 가득한 아빠의 표정과 수줍게 웃고 있는 엄마의 표정이 마음에 쏙 들었고, 마냥 이곳에 방문해 보고 싶다는 생각을 줄곧 해왔었다. 그저 그들의 손이 포개진 곳 위로 내 손을 포개보고 싶다는 단순한 바람. 그렇게 27년이 지나 나는 그 여행지에 방문하게 되었다. 어느 성당의 1층에 자리하고 있던 '진실의 문'이라는 관광명소. 오드리 헵번이 출연한 '로마의 휴일'에 등장하며 더욱 인기를 얻게 된 곳이라는 것을 알게 되었다. 하지만 내겐 그 이상의 의미와 마음이 담긴 곳이었다. 내 손이 어서 그 자리에 닿기를 바라면서도 가슴이 괜히 일렁여 마음을 차분히 가다듬기까지 해야 했다. 빵기씨도 감회가 새로웠는지 나를 바라보며 어슴푸레 미소를 띨뿐이었다. 그렇게 기나긴 줄이 줄어들고 줄어들어 드디어 우리 차례가 왔다. 사진으로 봐왔던 것이 토씨 하나 바뀌지 않고 그대로 내 눈앞에 우두커니 있었다. 사진을 찍어 주시는 분에게 부모님의 사진을 보여드리고 똑같은 구도를 요구했다. 그리곤 셀 수 없이 많은 사람들의 손바닥을 걸어내고 엄마의 손바닥을 찾아 그 위로 내 손을 포개었고, 빵기씨는 이번엔 엄마의 손이 아닌 내 손위로 손바닥을 포개었다.

그렇게 우리는 지구 반대편에 온전한 우리만의 흔적을 남겼다. 비로소 무언가가 견고해지는 순간이었다. 전율이 흘렀다.

꿈에서 깨어나면

무리한 일정의 연속이었지만 그중 최악으로 기억에 남는 것은 안타깝게도 그리스의 아테네이다. 잔혹한 햇살 아래 등 떠밀려 끝없는 계단을 오르고 마주한 아테네 신전은 여전히 꿈만 같달까. 졸린 눈을 비비면서도 그 크기는 웅장했고 끝없이 압도 당했음을 아주 미미하게 기억한다. 코앞에 놓여 있음에도 비현실적인 모습에 여전히 그곳에 갔다 왔다는 사실이 믿기 어렵다.

이마저도 그나마 기억할 수 있는 이유는 울퉁불퉁 솟아 오른 바닥에 발이 제멋대로 쑥쑥 빠졌기 때문인데, 그때마다 정신이 조금이라도 들면 고개를 들어 신전을 올려다보았다. 그러다 서서히 몽롱해져서 다시 자빠질 뻔하면 눈을 치켜뜨고 신전을 바라보고 또 멍해지는 행위를 반복했다. 나의 기억은 부분 부분 오염되어버린 낡은 테이프 같지만, 그 여백이 아테네를 매력적인 곳으로 만든 건 아닐까 하는 물음표가 생겼다. 여러모로 그곳을 다시 한번 방문하고 싶어지는 이유 중 하나인데, 이는 신들의 거처를 감히 졸며 지나친 내게 내려진 벌이자 설렘이다.

피곤에 찌든 채로 우린 지중해 앞에 자리하고 있는 이름 모를 어느 식당에 가게 되었다. 잠과의 필사적인 사투를 벌이며 대충 메뉴를 고르고 그새 얕은 잠에 빠져들었다. 부서지는 파도 소리, 울어대는 갈매기들, 솔솔 불어오는 바다 내음과 낯선 언어들이

오가다 보니 어느새 음식이 준비되었다. 강한 바닷바람은 식탁
보를 요동치게 했고 음식 위로 모래가 조금씩 침투했지만 모든
걸 용서할 수 있는 만큼 그 맛은 황홀했다. 피곤이 싹 달아나던
순간이었다. 그래 여행이 뭐 별거 있나 좋은 거 보고, 맛있는 거
먹고, 푹 쉬는 거지. 잠깐 잊고 있던 "산책"을 다시 끄집어 냈다.

고양이와 노을

프로펠러가 달린 작은 경비행기를 타고 산토리니에 도착했다. 섬을 사랑하는 나에겐 역시 기대가 되는 여행지 중 하나였다. 지중해 위에 둥둥 떠 있는 섬이라니 듣기만 해도 마냥 좋다. 산토리니에 도착했을 때 가장 의외였던 건 특유의 사막 같은 분위기였다. 코로 들이 마시는 건조한 공기는 까슬까슬했고, 도로에 세워져 있는 낡은 차들은 모두 모래 먼지가 그득히 쌓여 있었으며, 푸릇푸릇하거나 건강한 녹빛을 찾아보기는 어려운 그런 섬이었다. 낯선 환경에 매료되어버린 건 왜일까. 산토리니가 마음에 비집고 들어왔다.

하얀 벽과 파란 지붕이 절벽 끝에 바다를 맞대고 굳건히 자리를 잡고 있으면, 그 사이사이로 고양이들이 식빵을 굽고 있다. 작고 온기 가득한 생명체가 창백한 건물을 품고 있던 건 왠지 모를 위안이 되었고, 이 둘은 떼어 놓으려야 떼어놓을 수 없는 사이로 보였다. 좋아하는 영화 "리틀 포레스트"에서의 한 대사가 떠오른다. 온기가 있는 생명은 다 의지가 되는 법이라고.

시계는 어느덧 6시를 향하고 있고, 사람들의 시선은 모두 바다를 향하고 있다. 우리도 오션뷰 식당에서 근사한 저녁 식사를 계획했기에 서둘러 어느 식당에 들어갔다. 생각보다 빨리 나온 음식. 아테네에서 우리의 기대치를 올려버린 그 정도의 맛은 아니었으나 그저 그런 맛이 익숙하다는 듯, 다른 사람들과 어우러져 바다의 수평선 너머를 바라보았다. 식사가 끝나가는데도, 해는 지지 않은 채 어스름한 색으로 하늘이 번져 갈 뿐이었다. 이렇게 된 거 사람들이 노을을 보기 위해 모이는 굴라스 성채로 가기로 했다. 3대 노을을 맞이하는데 그 정도는 해줘야 하지 않겠냐며 발걸음을 옮긴 우리다. 티 하나 없는 새하얀 건물들이 서서히 주황빛으로 물들어가자, 좁은 골목골목으로 사람들이 모이기 시작했고, 모두가 약속이라도 한 듯 같은 방향으로 걸어나갔다. 그 끝에는 어마어마한 군중이 산토리니의 노을을 맞이할 채비를 하고 있었다. 주변 카페와 식당은 만석에다가 건물과 담벼락 그리고 굴라스 성채에는 사람들이 빼곡 메우고 있었고, 빵기 씨와 나는 겨우 계단 옆 담벼락에 몸을 붙여 세워 사람들이 오고 가는 미세한 틈으로 저 멀리 지고 있는 노을을 볼 수 있었다.

이미 제주에서 지켜본 수많은 아름다운 일몰과 이아의 일몰이 과연 얼마나 다를까? 노을이 노을이지 3대 노을? 하는 조금은 장난스러운 마음을 몰래 품은 채 숨을 죽이고 있었다. 그렇게 30분 정도 흘렀을까. 태양이 온 세상을 집어삼킨 듯 주변이 빨갛게 익어가갔고, 산토리니의 노을은 3대 노을을 증명이라도 하듯 마음껏 발광하기 시작했다. 수평선과 가까워질수록 주변의 소리는 점차 사그라들었고 사람들의 숨소리와 감탄 그리고 한숨

이 반반 섞인 듯한 소리들이 새어 나왔다. 연인들을 입을 맞추었고 친구들은 서로를 부둥켜안았다. 누군가는 카메라 셔터를 눌렀고 또 다른 누군가는 눈물을 흘렸으며 나와 빵기씨는 우수에 가득 찬 눈빛을 주고받았다.

어느새 태양은 빠르게 하강하기 시작했고 경이로움의 정점을 찍었다. 그 어떤 단어로도 결코 설명할 수 없는 분위기에 온몸에 작은 바늘들이 솟아오를 때, 태양은 바다 밑으로 가라앉았고, 하늘에는 여전히 진한 여운이 남아 있었으며, 사람들의 박수와 함성 소리가 터져 나왔다. 어느 팀이 어느 골대에 공을 넣은 건 아니었지만, 모두가 한마음으로 거대한 행복을 공유하고 있었다. 그 순간 나는 산토리니의 노을이 3대 노을임을 인정할 수밖에 없었다.

수영

엄마로부터 전화가 왔다. 이쯤 했으면 질리지 않느냐, 그냥 빨리 돌아와라, 마스크는 잘 쓰고 있느냐 등등.. 엄마 눈에는 나도 빵 기씨도 그저 물가에 내놓은 아기 같나 보다. 여행을 좋아하지 않는 엄마, 그리고 여행을 그 무엇보다도 사랑하는 아빠와 딸. 우린 각자의 위치에서 각자의 선택에 책임을 지고 있었으나, 오늘만큼은 엄마가 동행하는 산책이었으면 하는 날이었다.

오래간만에 휴양을 즐겼다. 산토리니에서 유명한 카마리 해수욕장을 가 모래 섞인 파스타와 스테이크를 썰고, 선베드에서 한가로움을 만끽하는 사람들을 바라만 보다, 바다에 발만 담갔다. 살이 빨갛게 익을 만큼 태양은 뜨거웠으나, 발에 닿는 바닷물은 빙하가 녹은 듯 차가웠다. 우린 잠깐 열기를 식히다 서둘러 만원버스에 올라, 울퉁불퉁한 도로를 거쳐 숙소로 돌아왔다. 오늘은 수영장에 갈 거니까!

유감스럽게도 나는 타고난 아토피 피부인 탓에 수영장에 가면 살 위로 오돌토돌한 간지러운 무언가가 올라온다. 그렇게 긁다 보면 온몸이 빨개지는데, 이 때문에 수영장에 가지 않은지 어연 9년이 다 되어간다. 그런데 이번 여행만큼은 물에서만 느낄 수 있는 자유로움을 다시 느끼고자 바다든 강이든 뛰어들기로 결심했고, 오늘 나의 수영 실력을 마음껏 뽐내기로(?) 했다. 젊은 시

절 수영 선수였던 빵기씨 바로 앞에서 말이다. 숙소에 도착하자
마자 환복을 하고 큰 타월 두 개와 핸드폰 방수팩을 챙겨 나가는
데, 오랜만에 하는 수영에 설레는 얼굴을 감출 수 없는 빵기씨
가 너무 귀여웠다.

아무도 없는 수영장에 걸터앉아 발을 담갔다. 발가락 새로 물이
차오르자 종아리가 시려왔고, 물장구를 치며 슬슬 온도에 익숙
해져갔다. 피부가 어떤 반응을 일으킬지 걱정되는 마음보다도
물에 들어간다는 게 마냥 좋았다. 신기했던 건, 어떻게 하는 건
지 분명 까먹었을 거라 여긴 수영을 내 몸이 자연스레 기억하고
있었다는 것이다. 아주 얕은 곳부터 깊은 곳까지 몇 번이고 왕복
했고, 의도치 않게 내가 잘 할 수 있는 걸 발견해 뿌듯했다.

새삼 경험의 가치를 또다시 느꼈다. 가끔은 애를 써도 되지 않
는 것들이 있고, 애쓰지 않아도 되는 것들이 있다. 그걸 받아들
인다면 삶이 조금은 순탄해진다는 걸 늦게 깨달은 건 아닐까. 산
토리니의 어느 작은 풀장에서 든 생각이었다. 구름이 스쳐간 흔
적을 옅게 남긴 하늘, 미미한 바람에 힘 없이 흔들대는 얇은 나
뭇가지, 선베드에서 콧노래를 부르는 빵기씨와 여느 때보다도
가벼워진 몸으로 세상을 마주하고 있는 나. 썩 훌륭한 순간임을
기억해야지.

Chapter. 03

Turkiye

마음 맞는 사람들

카파도키아에는 생전 처음 보는 건물들이 즐비했는데, 그중 동굴을 개조하여 만든 숙박 시설은, 그간 묵었던 숙소 중에서 가장 근사했다. 우리가 머문 곳은 동굴을 파서 만들었는데, 와인 창고 같달까. 뜨거운 태양과의 사투를 벌인 뒤 숙소에 돌아오면 차갑게 감싸주는 서늘한 공기가 이리도 반가울 수가 없었다. 일교차가 심한 튀르키예라 밤에는 담요를 꽁꽁 싸매고 잠에 들어야 했지만, 더위를 (심히) 혐오하는 홍가네에겐 완벽한 숙소일 수밖에. 아침이 되면 잠에서 깨어나기 위해 화장실 세면대 옆의 작은 공간에 기대어 앉아 있기도 했다. 화장실은 천장이 상당히 높았는데, 벽에는 작고 동그란 작은 창문이 있었고, 걸쇠를 풀면 보이는 아침 햇살에 물들어 가는 벽, 새들의 청량한 지저귐, 그리고 이름 모를 꽃들이 바람에 흐트러지는 모습과 함께 잠에서 서서히 깨어나곤 했다.

조식을 먹는 시간은 눈이 즐거운 시간이었다. 튀르키예는 동서양이 만나는 지점인지라 음식의 스펙트럼이 너무나도 넓었고, 이보다 더 이국적인 음식을 만날 수 있는 곳은 없을 거라 확신했다. 하지만 입맛이 워낙 까다로워 낯선 음식들을 도전하는 깡은 있어도 입에 맞는 일은 거의 없었기에 아침마다 수박만 먹을 수밖에 없던 나를 원망하며 다채로운 음식들을 놓아 주어야 했다.

뭐 나오는 반대로 빵기씨는 이 빵 저 빵을 입에 넣으며 즐거운 듯 보였다. 그래 누구 하나라도 즐길 수 있는 식사라면 된 거지.

조식을 먹고는 미리 신청한 그린 투어를 갔다. 당시 기독교인들이 겪은 종교 박해와 삶의 흔적들을 보며 무교인 나는 그들의 "믿음"을 감히 공감할 수 없었다. 어찌 되었든 간에 그들은 삶을 살았고, 결국 해냈다. 그 사실이 후대에 얼마나 큰 위로와 힘이 되었을지 그들은 짐작할 수 있었을까? 이를 증명하는 장소 중 하나였던 지하 도시 데린쿠유. 싸늘하다 못해 추웠다. 자유가 당연하지 않았던 시대가 존재했음에 비통했고, 당연시 누리고 있는 나다. 역시 세상에 당연한 건 없다.

열심히 기록을 남기던 중, 뒷걸음질을 치다 뒤에 서 있던 누군가와 부딪혔다. 함께 그린 투어를 신청하신 두 여성분들이었다. 그 순간부터 우린 말을 텄고, 암묵적으로 약속이라도 한 듯, 서로의 모습을 남겨주기 시작했다. 한국인들이 사진에 얼마큼 진심이었는지 잠시 잊고 지냈음을 자각했달까. (결과는 완벽에 가까웠다) 나도 질 수 없었기에 온몸을 불살라 사진을 남겨드렸다.

어느새 점심시간이 되었고, 밑으로 강이 흐르는 운치 좋은 식당에 갔다. 아무래도 다들 한국인이다 보니 서로 이런저런 얘기가 오고 가기 시작했고, 빵기씨는 역시나 "내가 얘를 마흔여섯에 가졌는데~"로 운을 뗐다. 이제 사람들의 두 눈이 커지며 "근데 외동딸이요?! 귀하다~"가 나올 차례이다. 빵기씨가 흡족한 듯 거창한 우리의 소개를 마치고 나서야, 나는 두 여성분들의 이야기에 귀를 기울일 수 있었다. 두 분 다 20대 후반에 디자인 회사에서 만난 선후배인데 마음이 너무 잘 맞아 함께 퇴사를 하고 튀르키예로 곧장 떠나셨다고 했다. 낭만적이었다. 그런 선택을 함께 할 수 있는 올곧은 마음과 믿음이 부러웠다. 또 그런 선택에 있어서 분명 들려올 잡음에 전혀 개의치 않고, 확신을 갖으며 임하는 자세 또한 배우고 싶었다. 둘은 오랫동안 그 자리를 지켜온 견고한 느티나무 같았다. 귀중한 벗과 인생을 함께하는 모습이 내 눈에는 너무나도 아름다웠고, 동시에 나의 벗들이 떠올라 가슴이 저릿했다. 이리저리 치이느라 소홀해졌던 나의 사랑스러운 사람들. 여유와 조금씩 가까워지니 그들이 보고 싶다.

내려다보면 보이는 것들

아직 파랗게 물들지도 않은 암흑 틈 속에서 저 멀리 불을 뿜어내며 거대한 풍선들이 두각을 나타내기 시작했다. 내 인생에 첫 번째 열기구를 탑승을 하는 날이다. 가까이서 올려다본 열기구의 크기는 내가 무엇을 상상했든 거대했다. 열기구의 심장인 불의 위치는 생각보다 머리와 아주 가까이 맞대고 있었는데, 덕분에 긴장이 조금은 풀렸다. 쌀쌀한 기온과 어젯밤 참지 못하고 찾아본 열기구 추락 영상은 어마어마한 시너지를 내고 있었기에…. 그래도 여전히 설레는 마음의 비중이 거대했다. 하늘에서 어둑한 것이 서서히 사라져갈 때 즈음 우리는 하늘로 비상했다. 발밑으로 펼쳐지는 갈빛 풍경. 그리고 우리와 동행하는 형형색색의 풍선들. 이렇게나 비현실적인 모습이라니. 꿈이라도 해도 괜찮았다. 그쪽이 더 일리 있는 주장이니까. 빵기씨도 나도 점차 목소리를 잃어 갔다. 우리뿐만이 아니라 열기구에 탑승한 모두가 말이다. 경이롭다, 황홀하다, 찬란하다 또 어떤 표현들이 있을까. 확신할 수 있는 한 가지는 제 아무리 수려한 글 솜씨를 갖고 있는 누구라도, 내 눈에 담긴 그 순간을 결코 온전히 표현해낼 수 없을 것이다.

또, 열기구가 하늘에 뜨는 것은 굉장히 운 좋은 일이었다. 날씨에 따라 운영이 굉장히 예민해지는 열기구는 아침마다 취소 여부가 판가름이 났고, 내가 열기구에 오른 날을 전후로 운행이 전

면 취소되었다는 점을 감안하면 나는 더할 나위 없이 특별한 경험을 한 것이나 마찬가지였다. 하마터면 이 챕터가 사라졌을지도 모르니까. 그저 이 순간을 만끽하고 있을 무렵, 어느새 해돋이가 시작되었다. 인간의 영역이 아닌 거대한 무언가가 주는 압도감은 본능적으로 끌리는 것 같다. 그게 긍정적인 감정이든 부정적인 감정이든 간에. 커다란 태양이 하늘 위로 치솟아 오르고 있었다.

다른 곳으로 눈을 돌려도 작고 붉은 원들이 여럿 짝을 지어 잔상을 남길 때, 슬슬 열기구는 하강하기 시작했다. 자세히 내려다보니 저 멀리서부터 한 트럭이 우리를 쫓아오고 있었고, 열기구에서도 무전기로 그들과 꾸준히 소통을 하고 있다. 그런데 어딘가 상황이 좋지 않아 보였다. 바람이 따라주지 않는 건지, 우린 멈추지 않고 계속해서 어딘가로 향했고 로즈밸리를 지나 평범한 아파트를 지나 또다시 산을 지나고 있었다. 다른 열기구들은 진작에 착륙을 해 풍선에서 바람이 빠지고 있었는데, 여전히 착륙을 못 한 건 우리뿐이었다. 갑자기 손에 땀이 나고 초조해지기 시작했다. 최악의 사태가 일어날 것만 같았다. 그 순간 갑자기 속도를 조절하지 못한 채 우린 나무로 돌진했고, 결국 열기구 밑바닥과 충돌이 일어났다. 얇은 나뭇가지라 별 타격은 없는 듯했지만 열기구가 크게 흔들렸고, 이때 갑자기 조종사가 무전기를 내려놓더니 착륙 자세를 취하라고 소리를 지르기 시작했다. 아직 우린 꽤 높이 떠 있었고, 우릴 쫓아오던 트럭은 이미 사라진지 오래였으며, 나는 점점 가까워지고 있는 낭떠러지를 봐버렸다.

비상 착륙임이 틀림없었다. 가슴이 쿵 내려앉았지만, 어떻게든 살아야한다는 본능에 내부에 설치된 손잡이를 꾹 잡고, 있는 힘 껏 웅크려 앉아 몸에 힘을 주었다. 몇 분간은 밑으로 계속해서 하강하는 느낌뿐이었고, 어서 열기구가 땅에 닿기만을 간곡히 바랐다. 그렇게 20초 정도가 지났을까 땅에 쿵 착지하는 느낌 이 났다. 그런데 곧바로 열기구는 하늘로 붕 떠올랐고, 또다시 그 힘을 그대로 받아 땅에 미끄러졌다. 그렇게 서너 번 정도 반 복을 해도 속도가 줄어들 기미가 보이지 않자 누군가가 뒤로 힘 을 주어 기대라고 소리쳤고, 살고자 하는 마음에 모두가 초월적 인 힘을 발휘해 다섯 번째 땅에 긁혔을 때 열기구는 거의 반이 뒤집힌 상태로 땅에 고꾸라지며 상황이 종료되었다. 빵기씨와 나는 거의 밖으로 떨어져 나갈 뻔했지만, 바로 풍선에서 바람이 빠지며 우린 무사히 열기구로부터 대피할 수 있었다. 아직도 잊 지 못하는 코앞에 펼쳐진 절벽. 자칫하면 죽을 수도 있었겠구나 싶었다. 오묘한 기분이 나를 잠식하는데, 어디선가 나타난 트럭 에서 사람들이 내리더니 무언가를 열심히 꺼내어 배치한다. 다 름 아닌 샴페인 파티였다. 이 상황이 그저 어이가 없어 웃음이 몇 번이고 새어 나왔다. 살아 돌아온 걸 진심으로 축하한다며 샴 페인을 터트리고, 테이블 한가운데에는 당연하다는 듯 팁 박스 를 턱 올린다. 그래 뭐.. 살았으면 됐지. 어쨌든 저 위에서 평생 잊지 못할 황홀한 경험을 했기에 중요치 않은 것들은 축배를 들 며 보내주기로 했다. 목으로 넘어가는 샴페인의 탄산은 내가 살 아있음을 증명하듯 짜릿했다.

종교

이스탄불에 도착했을 때 가장 먼저 눈에 들어왔던 건 모스크였
다. 고등학교 세계사 서술형 시험으로 나왔던 아야 소피아 모스
크부터 아름답기로 유명한 블루 모스크까지. 그 안을 꼭 들어가
봐야겠다는 생각뿐이었다. 그래서 첫날 우린 숙소 근처에 있는
블루 모스크로 향했다. 모스크에 들어가기 위해서는 엄격한 복
장 기준이 있기 때문에, 나는 머리와 상체 노출을 가릴 일회용
히잡을 착용했고, 빵기씨와 둘 다 신발을 벗은 채 입장을 했다.
들어가서 가장 먼저 눈에 띄었던 것은 성상이 없다는 것. 그들
의 교리가 그 이유겠지만, 내가 그간 봐왔던 교회나 절처럼 신
의 모습을 하고 있는 무언가가 없다는 게 가장 낯설었다.

메카가 있는 방향으로 기도를 올리는 신도들을 보고 있던 나에
게 한 여성분이 말을 걸어왔다. 이곳에서 봉사를 하고 계셨고,
내게 이슬람교가 무엇인지 설명해 주고 싶다고 하셨다. 그리고
그 짧디짧은 10분이 나를 정말 부끄럽게 만들었다. 그녀의 눈에
서는 선한 영향력이 별처럼 반짝였고, 진심 어린 언사를 통해 쿠
란을 따르며 조건 없이 타인을 도우고자 하는 마음, 성실하게 모
스크를 다니며 자신의 신앙심을 지키는 이슬람교도들의 이야기
를 들려주었다. 그간 매체로 꾸준히 접했던 이슬람 관련 사건 사
고, 테러라는 자극적인 키워드는 내가 눈치채지도 못한 새에 이
슬람포비아로 이어졌던 것 같다. 이슬람이 무엇인지도 정확히

몰랐고, 찾아보려고도 하지 않았으면서 말이다. 가장 기억에 남는 말이 하나가 있다. "우리는 평화를 좇는다." 그래 어떻게 된 일인지 후대에 무언가 그와 반대로 극단적인 일들이 끊기지를 않고 있으나, 그들의 뿌리는 평화에서 시작했음을 잊지 않기를. 알게 모르게 물들어 있던 이슬람교의 부정적인 이미지를, 내 입맛대로 삼켜내려 했던 그 지독한 오만함을 너그러이 용서받았다. 이번 지구 산책을 통해 난 이제 막 배우기 시작한 무지한 인간임을 가슴에 깊이 새겨 넣었고, 이는 여전히 가장 큰 수확으로 여긴다.

나자르 본주우

튀르키예는 대한민국과 형제의 나라로 알려져 있는지라 확실히 한국인들에게 아주 호의적이며, "니하오" 혹은 "곤니찌와"가 아닌 "안녕하세요"라고 먼저 말을 걸어 오기도 하는 유일한 나라였다. 카파도키아와 이스탄불에 있는 일주일간 그 흔한 인종차별이 단 한 번도 없었고, 그들의 친절함은 우리의 여유를 되찾아 주기엔 충분했다.

아직도 잔상이 남아 눈앞에 아른거리는 새빨간 튀르키예의 국기, 따사로운 햇볕을 즐기며 길거리 곳곳을 메우던 고양이들과 숙소가 위치한 동네에 상주하며 꼬리를 흔들던 강아지 식구, 어딜 가나 식후에 항상 나오는 향긋한 애플티, 일정을 마치고 숙소로 돌아갈 때면 꼭 들리던 골목 끝자락에 위치한 작은 과일 가게. 그중에서도 숙소에 한 아름 사들고 간 체리를 입안 가득 넣고 침대에 누워 하루를 돌아보는 건 가장 귀중한 시간이었다.

이스탄불에서의 첫째 날 일정을 마치고 숙소에 돌아와 빵기씨는 낮잠에 들었고, 나는 오늘도 어김없이 쌈짓돈을 쥔 채 동네 한 바퀴를 돌았다. 우선 숙소 바로 밑에 위치한 작은 구멍가게에 들러봤다. 카운터 쪽에 자리하고 있는 냉장 코너에 통 벌꿀과 카이막이 보였다. 튀르키예의 카이막에 대한 찬사를 하도 많이 들어서 언젠가 꼭 먹어 봐야겠다고 다짐했는데, 이렇게 빨리 그 원조를 만나게 될 줄이야. 주인아저씨에게 각각 한 스쿱씩을 부탁드리고, 이에 찍어 먹을 빵을 추천해달라고 자문을 구하자, 입구 옆에 자리하고 있는 (모형인 줄 알았던) 길고 투박한 빵을 가리킨다. 그 크기가 너무 커서 가격이 조금 나가지 않을까 했는데 하나에 100원 정도 했던 것 같다. 깜짝 놀라 이름을 물으니 참 담백한 이름이었다. 터키 브레드. 아저씨와 스몰 토크도 나눴다. 그간 지나온 산책 이야기와 앞으로 남은 일정 등등, 반짝이는 눈으로 내 말에 귀 기울여 주니, 왜인지 모를 용기가 피어났다. 즐거운 추억을 만들어 주셔서 감사하다는 말씀을 남기고, 에너지로 가득해진 홍채린은 씩씩하게 가게를 나섰다. 이번엔 발길이 닿는 대로 걸어갔다. 문 앞마다 고양이를 위한 음식과 물이 구비되어 있음에 튀르키예 사람들이 고양이를 얼마나 사랑하는지 느낄 수 있었다. 또 튀르키예에는 고양이만큼 어딜 가나 곳곳에서 "악마의 눈"이라는 것을 볼 수 있는데, 이번 여행 중 가장 흥미롭게 여김과 동시에 많이 구매한 것이다. 그때 상점의 주인으로부터 들은 악마의 눈에 대한 설명은 이러했다.

"악마의 눈은 악마 중에서도 대악마로 이를 소지할 시에 어떠한 악재나 악운으로부터 막아주며 혹시라도 구슬이 깨진다면 이는 사악한 힘으로부터 당신을 지켜냈기 때문이다."

유일신 알라를 믿는 무슬림 국가에 일종의 미신인 악마의 눈에 집착하는(?) 모습이 신기하고 조금은 귀여웠달까. 상징하는 의미가 좋고, 이를 소지하고 선물하는 그 마음을 알겠으니, 나도 항상 건강하고 행복하기만을 바라는 부모님, 사랑스러운 친구들이 떠올랐다. 이거다. 어떤 선물이 좋을까 머리를 싸매고 고민하고 있던 찰나, 악마의 눈은 완벽한 의미를 내포하고 있는 최고의 기념품이었다. 그렇게 나는 총 스무 개의 악마의 눈을 쥔 채 튀르키예를 떠났다.

Chapter. 04

Egypt

신기루

이집트 룩소르에 도착했다. 43도라는 평균 기온은 색다른 충격이었다. 여태껏 가장 더웠던 곳은 로마였는데, 아주 가뿐히 이집트가 신기록을 갱신하게 되었다. 그나마 다행인 것은 빵기씨가 고집해서 챙겨온 우산이 큰 도움이 되었다는 점이다. 온도는 높지만 습하지는 않은 날씨이기 때문에, 그늘만 생겨도 나름 시원하게 돌아다닐 수 있었다. 이곳의 날씨는 [더워서 땀이 줄줄 난다] 보다는 [내가 바삭하게 구워져서 죽는구나] 이쪽에 더 가깝다. 약 한 달 동안 은은하게 타고 있었는데, 이집트에서의 반나절이 나를 단번에 새까만 사람으로 만들어 버렸다.

이집트에서의 첫날, 아침을 먹고자 숙소 주변에 있는 랜덤한 곳에 가게 되었다. 헤지다 못해 금방이라도 무너질 것 같은 건물을 올라가니 담배 냄새로 그득한 손님 하나 없는 70년대 레스토랑의 분위기를 내뿜는 곳이 우릴 맞이했다. 빛이 바랜 내부 인테리어와 누렇게 뜬 식탁보, 먼지가 폴폴 올라오는 카펫 바닥과 이건 너무한 거 아닌가 싶던 캔 콜라 위로 부서진 모기의 사체까지. 이집트에서의 식사가 어떨지 대충 유추되는 순간이었다. 그래도 나름 특별했던 건, 메뉴판에 없는 메뉴까지도 주문을 받아주셨다는 것이다. 이번 여행 내내 머쉬룸 스프를 실패해서, 먹고 싶은 머쉬룸 스프를 디테일하게 설명 드리자 대뜸 오케이를 하고는 직원을 마트로 보내버린다. 결과적으로는 어마어마하게 짰으나 그때는 몰랐다. 이집트의 모든 음식이 짜다는 것을. 사실 이 식당의 위생이나 맛은 별로였으나, 내가 이 챕터를 남기기로 하는 데에는 특별한 이유가 있다.

가게에 들어서자 주인장으로 보이는 아저씨가 창문 앞에 기대어 담배를 피우고 있었다. 우리가 들어오는 걸 보고는 반쯤 태우던 담배를 재빨리 끄고 반갑게 맞이해 준다. 키가 컸고, 뿌옇고 낡은 갈색 안경을 끼고 있었다. 우린 메뉴를 주문하고서도 이런저런 대화를 나누었는데, 오래간만에 나타난 말동무인지 이야기는 흐르고 흘러 본인의 증조할아버지까지가 이집트의 왕족 혈통이었다는 사실까지 알게 되었다. 믿거나 말거나지만 내겐 흥미로운 이야기였다. 호기심이 가득해진 내 눈망울을 잠시 보더니, 갑자기 종이와 펜을 가져와 이집트 상형 문자로 빵기씨와 내 이름을 크게 적어 뜻풀이를 해주신다. 커다랗게 종이 위로 그려지는 이집트의 상형문자. 하나하나 해석을 해주신다. 처음 한두 개는 그러려니 하고 들었는데, 점점 이야기가 무서울 만큼 세밀해져 간다. 그리고 뜻풀이가 모두 끝났을 땐 어떻게 일면식 하나 없는 우리를 이렇게까지 구체적이고 완벽하게 타파한 건지.. 경이로움을 넘어 두려워졌다. 제시해 주시는 방향성까지도 귀담아들을 수밖에 없었다. 적어도 손해는 아니겠지 하는 굳은 신뢰가 생겨버렸달까. 누군가는 피식 웃을 수도 있겠지만, 인간 그 이상의 존재에게 홀린 것만 같은 그 기분을 잊을 수가 없다. 여행 중에도 문득문득 그 주인장이 떠올랐지만, 이상하게도 기회가 생기지 않았다. 만약에 정말 만약에 이집트에 다시 방문하게 된다면, 꼭 재방문하리라 기약을 하며 한 번으로 그쳤다.

지금에 와서도 우스운 생각을 떨쳐낼 수가 없다.
그 가게가 정말 그 자리에 있었던 걸까?

펠루카의 삶

나일강에서 선셋을 즐기기로 했다. 흔히 타는 모터보트가 아닌 펠루카라는 이집트의 전통 목조 범선이라고 한다. 선장은 10살 꼬마 아이. 그리고 조수는 27세의 청년이었다. 신기한 구조라는 생각이 듦과 동시에, 10살 때 나는 뭘 하고 있었던가 돌아 보게 된다. 27살의 청년은 10살에 고향을 떠나 지금까지 배에서 생활을 하고 있다고 한다. 본가에 못 가본 지는 3년이 다 되어간다고 웃으며 뱉어냈다.

인생 그 자체를 고스란히 받아들이고 묵묵히 살아가는 그들의 생활력과 순박한 눈망울 그리고 잃지 않는 맑은 미소가 가슴을 울렁이게 했다. 우리는 가끔 품 안에 한 아름 주어진 것들에 늘 감사해야 한다는 것을 간과하고 살아가고 있지 않은가. 정말 작은 것조차도 말이다. 코로 숨을 쉬고, 건강한 두 팔 두 다리로 움직이며, 찬란한 세상을 두 눈에 담고, 또 맛있는 걸 먹을 수 있는 삶. 튼튼한 지붕 아래에서 사랑하는 가족, 친구들과 안전히 살아갈 수 있는 그런 삶이 결코 당연하지 않은 거니까. 인간의 욕심은 끝이 없지만, 감사해야 하는 마음을 당연시 여겨서도 안된다.

서서히 해가 고개를 숙이려는 낌새를 보인다. 나일강에 발을 담그고 눈을 지그시 감은 채 바람을 가르는 소리를 감상했다. 숨막힐 듯 아름다웠다. 빵기씨는 펠루카의 고요함이 좋다고 했다.

모터 없이 오로지 바람을 이용해 나일강을 둘러보는 것은 안온이 들게 해 주었고, 이집트에서 가장 좋았던 챕터였다. 더도 말고 덜도 말고 딱 지금처럼 곧게 서있으면 좋으련만. 기울어지지 않은 채 홀로 우두커니 서있기에는 나는 아직도 설익었나 보다.

삐끼 그리고 시선

이집트 여행기에서 삐끼가 빠지면 서운하지 않을까. 여행할 때
그 나라의 분위기 음식 문화 등등 모두 중요하다고 여기지만 그
무엇보다도 여행은 사람으로 남는다고 생각하기에 이집트는 최
악이었다. 이집트의 공항에는 무장한 군인들이 사방에 널려 있
는데, 그들은 몇 번이고 검색대를 통해 짐 검사를 할 정도로 보
안에 민감하다. 우리도 예외는 아니었으니 짐 검사를 수 십 번
도 더 했는데, 한 직원이 우리 짐을 검색대에 올려주길래 고맙다
는 제스처를 취하자, 손바닥에 꼬깃꼬깃 접혀 있는 1달러를 슬
쩍 내보이지 않겠는가? 영화에 나올 법한 장면에 나도 모르게
고개를 휙 돌려 버렸다. 살다 살다 공항에서도 삐끼를 경험하다
니. 심상치 않음을 감지한 채 우린 또 다른 검색대를 지나가게
되었는데, 누군가 직원의 바지 주머니에 돈을 슬쩍 넣는 걸 목격
했다. 직원은 힐끔 돈을 확인하더니, 그 사람을 줄의 가장 뒤쪽
에서 맨 앞으로 승진(?) 시켜 주었다. 이번엔 화장실에 갔는데,
청소부와 눈을 마주쳤다. 살짝 웃으며 서로 눈 인사를 나누고 칸
에 들어가려는데, 길을 막아서며 다른 칸이 더 깨끗하다고 안내
를 해주신다. 거기서 그치는 게 아니라 냅다 물도 내려 주시고,
씨익 웃으며 손에 휴지까지 쥐어주시며 마무리. "오 이 정도의
호의는 정말 괜찮은데…." 하는 마음과 동시에 "에이 설마…?"
하는 불신이 커졌다. 볼일을 보고 나오자 물 온도까지 정성스레
맞춰 주는데, 그때 손바닥에 꼬깃꼬깃하게 접혀 있는 1달러가

등장했다. 혹시나가 역시나구나. 거진 앞이 안 보이는 척을 하
며 정말 괜찮다고 손사래 쳤지만, 가지런한 이빨을 뽐내며 티슈
를 슥슥 뽑아 손에 내밀더니, 혹시나 내가 못 봤을까 이번에는
대 놓고 손을 쭈욱 펼쳐 내 보였다. 더 이상 흐린 눈은 통하지 않
는 상황. 이젠 약 2년간 학교에서 우연히 듣게 된 기초연기 수업
이 빛을 발할 때이다. 최대한 당황스럽고 어쩔 줄 모르겠다는 표
정으로 삐끼는 처음인 양 굴었다. 그러나 만만치 않은 상대. 어
떤 돈이든 괜찮으니 1달러라도 달라고 되묻는다. 그러고 보니
돈은 빵기씨의 관할이기 때문에 나는 정말 돈도 없거니와, 이렇
게 뻔뻔하지만 정중하게 돈을 요구하는 케이스는 또 처음이라
왜인지 미안하다고 사과를 연신 하던 나였다. 그러자 "오케이 해
브 어 나이스 트립."이라며 되려 안타까운 듯 날 보내준다. 다시
생각해 보니 참 이상한 경험을 했다. 사과를 하는 나도, 용서를
하는 그도, 삐끼 강국 이집트라서 일어날 수도, 이해할 수도
있는 상황인 거겠지? 곧장 빵기씨에게 달려가서 이 이야기를 들
려주자, 힘 없이 웃는다.

길을 걷다 눈이라도 마주치면 지독하게 달라붙는 삐끼들. 안 산
다고 해도 길목이 끝날 때까지 쫓아오고 또 길을 막고, 뭐를 조
금 사려고만 해도 다들 한 통 속이라 말도 안 되는 가격을 불러
댄다. 동네 슈퍼에서 물을 사려는데 옆 가게, 맞은편 가게, 그 옆

의 가게의 상점 주인들까지 뛰쳐나와 자기들 물건을 팔아댄다, 그 혼란 속에서 또 물값을 50파운드로 부르는 마트 주인. 열이 확 올랐다. 물 하나에 3000원? 아빠가 먼저 터져버렸다. 아침에 20파운드 주고 산 물이 어느새 50파운드가 되어있으니 황당할 만도. 20파운드도 사실 바가지 씌운 걸 알면서도 눈감아 준 건데.. 참 속상했다. 망설임 없이 가게를 떠나려고 하자, 바로 가격이 떨어지기 시작했고, 다른 상인들이 더 싸게 주겠다며 우리의 꽁무니를 쫓는다. 그들의 상황을 이해해 보고자 수십 번도 더 노력했다. 그래 관광객을 상대로 조금이라도 더 수입을 만들어야겠지. 안다. 알겠는데 이런 식이라면 관광객들의 발걸음이 끊기는 건 시간문제 아닐까 싶다. 재방문의 여부랄까. 사람을 질리게 하는 데에 정말 일가견이 있다. 동양인을 상대로만 이러는 건지 혹시나 하는 마음에 구글링을 해보니, 로마제국 시대의 기록 중에도 삐끼와 관련된 일화가 여럿 나온다고 한다. 2000년 넘게 이어지고 있는 끝내주는 전통.

숙소에서 잠시 숨 좀 돌리다 저녁을 먹기 위해 KFC에 가기로 했는데, 매번 숙소에서 나올 때마다 마주치는 마차 삐끼들이 있다. 오늘은 조금 멀리 나가야 하니 결국 마차를 타기로 했고, 적당한 가격에 거래가 성사되었다. (KFC는 다행히도 맛있었다) 게다가 식사를 마칠 때까지 기다려주는 조건이라 나름 괜찮은 거래였구나 하며 내심 좋은 기분으로 숙소로 돌아가고 있었는데, 오늘만 열리는 마켓이 있다며 혹시 들려 구경할 생각이 없냐고 묻는 마부다. 그래도 기념품은 한 번 보는 게 좋겠거니 싶어

서 그러기로 했다. 도착한 곳은 우리가 생각한 시장이 아니라 그
냥 마켓이라는 이름을 가진 가게였으나, 그래도 구경할 게 많아
보여, 찬찬히 둘러보았다. 그러다 마음에 쏙 든 스핑크스 형태
의 조각상을 발견했는데, 큰맘을 먹고 주인과 흥정을 해보기로
했다. 슬쩍 가격을 묻자 말도 안 되는 가격이 내 귀에 꽂힌다. 사
기꾼. 사기꾼이다. 이런 사기꾼과는 흥정할 가치도 없다고 여겨
서 짧게 대답을 하고 그 자리를 벗어나려는데, 앞을 가로막으며
얼마면 되겠냐는 구린 멘트를 던진다. 단호하게 절반 이상을 깎
자 이번엔 그 작자가 나를 사기꾼이라는 듯 쏘아보았으나, 동시
에 나를 보내 줄 생각도 없는 듯했다. 그러자 갑자기 그 조각상
의 디테일이 얼마나 뛰어난지를 어필하더니, 내가 제시한 가격
이 정말 이에 상응하는 가격이냐고 점점 언성이 높아지기 시작
했다. 이번만큼은 질 생각이 추호도 없었기에, 내 눈에는 그 돌
이 그 돌이라며 제시했던 가격이 아니라면 싫다고 강력히 피력
했다. 역시 장사꾼은 장사꾼이라고 어찌나 질기던지.. 그 작은
플라스틱 조각상을 클레오 파트라의 무덤에서 갓 발굴해온 것
마냥 입을 털어댄다. 이젠 더 이상 흥정할 마음도 없어졌고, 모
든 것에 질려버려 귀를 닫은 채 입구로 쭉 나가 버렸다. 그러자
내 뒤통수에 포효를 하며 내가 제시한 가격에 결국 주겠단다. 이
집트에서 최초로 성공한 흥정 사례였다.

너덜너덜해진 헌신짝이 되어 그 자그마한 조각상을 품에 안고
나와 마차에 올랐는데, (사기꾼) 주인장도 따라 나와서는 마부에
게 돈을 슬쩍 쥐여 주며 뭐라고 속닥댄다. 그래 그럴 줄 알았다.

커미션 떼 갈려고 아주 바가지를 씌웠구나. 뜨거운 날씨에 삐끼와 사기꾼들을 상대하느라 진이 다 빠져, 어서 숙소에 돌아가 쉬고 싶다는 생각뿐이었다. 그렇게 차가운 침묵을 유지하며 다시 숙소로 출발했는데, 정신을 못 차렸는지 또 어딜 들리자는 마부다. 나는 일그러진 표정을 숨기지 않고 "HOTEL"이라고 단호하게 소리쳤다.

숙소에 도착하니 그제야 밀려오는 서러움에 눈물이 왈칵 터져버리고 말았다. 여행하면서 힘든 일이야 많았지만, 사람과 사람 사이에서 일어나는 충돌은 늘 나를 무너지게 한다. 눈물샘이 터져버려 쉽사리 그칠 수 없었고, 가슴에도 시큰거리는 요상한 반응이 왔다. 떠내려가랴 소리를 내며 펑펑 울자, 빵기씨는 내가 마저 울도록 내버려 두었다. 하염없이 울고 또 울다보니 어느새 가슴에는 아무것도 남아있지 않았고, 내가 뭐 때문에 그렇게까지 격분했는지도 잊어 버렸다. 그래 조금 고단했을지라도 이렇게 이집트의 마지막 날을 보내면 나중에 분명 후회할 게 뻔했다.

해가 다 져간다. 벌써 오늘 하루도 마무리되어가는구나. 모든 일에는 끝이 있음을 다시 한번 되새김한 순간이었다. 숙소 근처에 있는 큰 광장에 방문했다. 모스크가 자리하고 있는 곳이었는데, 이집트에서 정말 보기 힘들었던 여성들이 수두룩하게 그 공간을 메우고 있었고, 그들은 전부 '엄마'였다. 그들은 낮에 길거리나 시장에서 만나는 사람들과는 다른 분위기를 풍기고 있었다. 여유가 있고 점잖았다. 광장의 밖으로는 삐끼를 치는 아이들이 있었고, 광장의 안에서는 공놀이나 핸드폰 게임을 하는 아이들이 있었는데, 우리에게 삐끼를 치는 광장 밖의 아이들에게 한 소리를 하는 광장 안의 아이들을 보며, 명확한 형태는 없지만 분명 무언갈 분리하고 있는 지점임을 느꼈다. 우린 공원의 외곽에 의연히 서서 그들의 삶을 관람하고 있었다. 그때, 새삼 사람들의 시선이 느껴지기 시작했다. 몇몇의 시선쯤이야 늘 있는 일이라 익숙했지만, 이건 뭔가 달랐다. 상상 이상으로 많은 눈들이 우릴 바라보고 있었다. 심지어는 우리 옆을 서성이다 원근법을 이용해 몰래 사진을 찍어가는 사람들, 바로 앞에서 대놓고 찍어가는 사람들, 그리고 함께 사진을 찍어달라고 부탁하는 사람들까지 다양했다. 처음에는 떨떠름하고 불편했다. 동양인이라서 겪는 또 다른 형태의 인종차별이니까. 그런데 우리 빵기씨를 보며 웃어넘길 수 있게 되었다. 아빠는 여기저기서 몰려드는 사람들과 흔쾌히 사진을 남겨주었고, 교육적인 (?) 시간을 가졌다.

"We are from Korea. No china no Japan. Do you know Korea?"

대부분의 사람들은 한국의 존재를 모르고 있었다. 섭섭해진 빵기씨는 BTS 카드를 꺼내며 열띤 강의를 펼쳤고, 적어도 5명 정도에게는 홍보를 해낸 듯 보였다. 이후로도 광장에서 팬미팅 (!)을 진행하는 빵기씨를 열심히 기록해 두었다. 물론 나는 그 상황이 그저 부끄럽고 마냥 웃겨 카메라 뒤에 숨어 있기 바빴지만 말이다.

절대 과장이 아니라 사람들이 많이 몰려들기 시작해, 광장을 잠시 나갔다가 다시 구석에 몰래 자리를 잡아야만 했다. 처음 보는 하늘의 빛깔이었다. 자주색과 검은색이 오묘하게 섞여 하루의 끝을 알리고 있었고, 내일이면 룩소르를 떠나는데 좋게 마무리하자며 홀로 마음을 가다듬고 있었다. 그때, 내 또래 정도로 보이는 여자 셋이 지나가며 방긋 인사를 건넸다. 나도 웃으며 손 인사를 나눴다. 그렇게 지나가는 듯했는데, 잠시 멈춰 서서 아버지로 보이는 분과 짧은 대화를 나누더니, 다시 셋이 똘똘 뭉쳐 5분간 회의를 나눴다. 그리고 무언가를 결정했는지 한 명이 내게 말을 걸며 다가왔다. 사진을 함께 찍을 수 있냐고 공손하게 부탁하는 그들의 투명한 눈동자와 조금 상기된 볼이 내 안에 무언갈 건드렸다. 그래 딱 이번만 찍어줘야지 너무 귀엽잖아!! 부끄러웠지만 기분 좋게 함께 사진을 남겼다. 비록 즉시 스냅챗에 올라가던 나의 사진을 보고 식겁했지만 말이다.

149

숙명일지도 모르지

드디어 인도로 넘어가는 날이다. 공항에 도착해 기나긴 줄을 서서 기다리다 보니 우리 차례가 왔고, 이런저런 서류를 확인하던 직원은 의아하다는 표정으로 에어 수비다 서류는 어디에 있냐고 묻는다. 세상에. 에어 수비다는 단연코 처음 들어보는 이름이었다. 코로나 이후로 생긴 인도 입국 필수 서류인가 보다. 우리는 줄에서 빠져나와 온라인으로 서류를 작성하기 시작했으나, 인도에 입국하는 날짜를 선택하는 칸에서 막혀 버렸다. 우리가 들어가고자 하는 날짜는 오늘인데, 클릭이 되지 않는 것이었다. 알고 보니 에어 수비다는 입국 24시간 전에 작성을 완료해야 하는 서류였고, 우리는 그 존재에 대해 전혀 모르고 있었던 것. 그렇게 우리는 다시 한번 보기 좋게 비행기를 놓쳤다.

매사에 꼼꼼하고 계획적인 철두철미 빵기씨의 눈 속에서 많은 것들이 느껴졌다. 실망감, 괴로움, 납득할 수 없는 듯한 감정들이 한데 뒤섞여 그를 집어삼키고 있었다. 사실 이번 이집트 여행에서도 약간의 실수가 있었는데, 이미 26년 전에도 이 나라를 방문했던 빵기씨는, 룩소르에 피라미드를 포함하여 볼 건 다 있다고 착각을 해서 일정에 카이로를 넣지 않았고, 빵기씨만 믿고 나온 산책이라는 안일함에 서칭조차 하지 않았던 나는, 이집트의 대표적인 랜드마크를 눈에 담을 기회를 놓친 것이다. 언제 다시 올지도 모르는 이 삭막한 나라에서 피라미드와 스핑크스를 보지도 못한 채 떠난다니. 아쉬운 마음이 없다면 그건 거짓말이었다. 절망스럽게 비행기 표를 다시 찾아보는 빵기씨를 바라보며 난 문득 그런 생각이 들었다. 이게 기회라면? 혹은 숙명이라면? 입안에서 몇 번을 굴리다 거의 토해내듯 나는 외쳤다.

"아빠 우리 피라미드 보러 가자."

결국 마주한 피라미드

새벽녘이 되어서야 카이로 기자 지역에 도착했다. 피곤할 법도 했지만, 도로 사정이 워낙 끔찍해서 눈을 감을 수 없었다. 자칫하면 영원히 눈을 감을 수도 있는 생사가 걸린 문제였다. 1시간가량을 달려 숙소에 도착했다.

새벽 1시쯤이었던가? 우릴 반겨주던 주인장은 열심히 체크인을 도와주고 간단하게 숙소를 소개해 주겠다며 함께 옥상에 올라갔는데, 오묘한 남색 빛으로 물든 하늘에 웅장하고 신비로운 두 개의 거대한 피라미드 그림자가 카이로의 밤을 지키고 있었다. 아직도 그 모습이 하나의 사진처럼 뇌리에 박혀있다. 그렇게나 진한 감동을 받고 있는 우리에게 바로 삐끼를 치던 주인장까지 완벽한 서사였다. 대충 피라미드까지 가기엔 너무 덥고, 알다시피 삐끼에게 고통받을 것이라는 내용. 빵기씨의 다리 상태도 많이 악화되었고, 이미 우린 더위로 인해 몸 상태가 많이 쇠약해져 있었기에, 대충 가격을 흥정하고 아침 투어를 잡았다. 아침 9시에 시작해서 오후 2시쯤에는 무조건 공항에 도착하는 하는 일정. 에어 수비다 서류가 인정되기까지 걸리는 24시간만 딱 채워서 카이로를 훑고 가는 살인적인 스케줄이었다. 그럼에도 불구하고 나는 여느 때보다도 잔뜩 들떠 있었다. 아침을 먹으러 올라간 테라스에는 책과 티비에서만 보던 7대 불가사의 중 하나인 피라미드가 기다리고 있었기에. 아 그리고 기대하지도 않았던 아침 식사가 끝내줬다. 이집트에도 맛있는 음식이 있다는 사실을 깨닫고 떠날 수 있음에 다행이다.

피라미드는 이미 고대 로마인에게도 2천 년 전의 고대 유적이기에 얼마나 오래된 문명인지 체감할 수 있었다. 계속 바라보고 있으니 기괴하기까지 했던 피라미드. 손에는 식은땀이 났고, 속이 메스껍기까지 했다. 그게 피라미드에 대한 나의 첫인상이었다. 압도도 압도였지만, 이는 처음 느껴보는 두려움에 더 가까웠다. 그로 인해 멀리서 피라미드를 지켜보기만 했는데, 이를 보던 가이드가 답답했는지 피라미드 가장 하단에 있는 돌을 만지면 오래 살 수 있다는 미신을 (미끼) 던져 주었다. 그래 빵기씨의 장수를 꿈꾸는 내겐 아주 좋은 핑곗거리였다. 아빠의 손을 잡고 피라미드로 돌진하는데, 그제야 눈에 들어왔다. 이집션이고 관광객이고 피라미드를 마구 타고 올라 기록을 남기는 것에 여념이 없어 보인다. 자세히 보니 언제 새겨졌는지도 모를 수많은 낙서까지.. 이렇게 위대한 역사를 훼손 시키다니. 그저 속상할 따름이었다. 성심껏 보존해서 후손들에게도 길이 남겨야 할 재산이 아닌가? 참 아쉬운 게 많은 이집트이다. 그럼에도 불구하고 부모님이 이집트에서 남겼던 사진을 똑같이 재연할 수 있음에 내심 기뻤다.

머리는 사람이고 몸은 사자로 파라오의 권력을 상징한다는 스핑크스는 거대한 풍채를 자랑하며 피라미드 앞을 묵묵히 지키고 있었다. 무엇을 위해 이리도 외롭고 긴 기다림을 자처하고 있는 걸까.

빠르게 일정을 마치고 공항에 무사히 도착했다. 미리 데스크 앞에 줄을 섰는데, 작게 찰칵 거리는 셔터 소리가 들렸다. 소리가 나는 쪽으로 시선을 돌리니, 한 여성이 우리를 대놓고 찍고 있었다. 이집트에서 어딜 가나 시선이 쏠리는 건 어쩔 수 없다고 쳐도, 이렇게 실내에서의 도촬은 또 처음이라 모자를 푹 눌러 쓰고 빵기씨 뒤에 숨었다. 그렇게 5분 뒤, 각이 잘 안 나왔는지 나에게 다가와 함께 사진을 찍고 싶다고 요청을 한다. 처음부터 이랬으면 얼마나 좋았어! 하는 마음도 있었지만, 그래도 나름 용기 냈을 마음을 알기에 사진을 찍으며 일단락되었다. 이집트에서 연예인의 삶을 비슷하게나마 체감하고 떠나는 것 같다. (일단 빵기씨는 완전 체질이고, 나는 좀 칠 뻔했다)

수속 게이트가 열렸고 드디어 인도를 향한 여정이 시작되었다. 두바이를 경유해서 들어가는 인도행 티켓. 그런데.. 다시 한 번 불길한 표정으로 우릴 바라보는 직원이다. 이번에는 인도 E 비자를 요구한다. 빵기씨는 도착 비자로 알고 있는데 그게 무슨 소리냐며 강력히 항의해 보았지만, 이미 정책이 E 비자로 바뀐지는 꽤 되었나 보다. 우리가 너무 정신이 없었던 건지, 여행할 자격이 없는 건지, 어제 카타르 항공에서는 왜 에어 수비다 서류만 요구했던 건지 혼란스러울 따름이었다. 게다가 E 비자는 발급까지 최대 1주. 정말 벼랑 끝에 몰렸다. 비자가 없으니 당연히 인도를 경유하는 것도 불가능한 상황. 우선 인도 비자를 신청하며 홍가네가 머리를 꽁꽁 싸매고 생각한 몇 가지 방안들이다.

1. 인도를 건너 뛰고 마지막 여행지인 다낭으로 간다.
2. 어디든 인도를 경유하지 않는 곳으로 간다.
3. 일정을 빠르게 마무리하고 한국으로 돌아간다.

온갖 방법과 루트를 다 동원해 비상 대책을 짜 보아도, 인도 땅덩어리가 너무 큰 탓에 인도를 한 번이라도 경유를 해야만 하는 시스템이었다. 그렇게 3시간의 기나긴 서칭 끝에 내린 빵기씨의 결론은

+4. 다시 왔던 길로 돌아간다.

Chapter. 05

Hungary

완벽하지 않아서 완벽한

폴란드 바르샤바를 경유해 헝가리에 도착했다. 빵기씨는 이집트를 조금이라도 빨리 뜨고 싶어 했고, 비상금도 동나기 직전인지라 비교적 물가가 저렴한 동유럽을 택한 것이다. 우선 과감히 다낭은 포기를 했고, 다낭 입국 예정이었던 날짜에 인도 비자가 나오길 간곡히 기도하며 우린 부다페스트에서 3일간 머물기로 했다. 그렇게 처음 가보는 낯선 땅. 갑작스러운 유럽화에 나는 미소를 감출 수 없었고, 아빠의 4개의 금니도 반짝이고 있었다. 빵을 사랑하는 빵기씨는 이미 기력은 되찾은 듯 보였고, 빵을 좋아하지도 않는 나 또한 먼저 빵을 찾았고, 맛있게 먹었다. 평범하디 평범한 속세의 맛이 이리도 짜릿할 수가. 모래가 본격 "식감"이 되던 이집트의 음식에게는 정말 유감이지만 내 취향은 결코 아니었으니.

도시화가 된 인터라켄 같기도 하고, 우중충한 날씨는 런던 같기도 하고, 가게 앞에서 커피와 담배를 즐기는 게 프랑스 같기도 했던 낯익은 분위기. 첫날부터 보란 듯이 비가 추적추적 내렸고, 인도 비자는 깜깜무소식이었지만, 어떻게든 나아가고 있는 홍가네를 진심으로 응원해 주고 싶었다. 마음 어딘가에는 무시못 할 불안감이 우릴 괴롭히고 있었으나, 오래간만에 마주한 납작이를 입안 가득 넣고 그 달콤함을 즐기며 현재에 충실하고자 노력했다. 유럽의 느 - 리게 문화가 가끔은 답답하기도 했지만 그 속도에 맞춰 걷는다는 건 이름 모를 포근함을 안겨주기도 했다. 지금 우리에게 가장 필요한 건 쉼이었으니까. 애나스 카페라는 브런치 카페에서 첫 끼니를 먹게 되었는데, 적어 놓은 일기가 있다.

[납작이 쇼핑을 마치고 브런치 카페에 들렀다. 메뉴를 고르고는 눈빛으로 시그널을 보냈으나, 아무도 우리에게 음식을 팔 생각이 없나 보다. 그때 저 앞에 앉아있는 노부부가 우리와 같은 처지라는 듯 쓴웃음을 보인다. 우리는 10분 정도를 더 기다렸고, 결국 저쪽에 앉아 계시던 할아버지께서 자리에서 일어나 주문을 하러 가며 내게 쓱 말을 건넨다. "걱정 마 내가 해결하마." 백발에 환한 미소가 귀여운 할아버지였다. 5분 뒤 우리는 주문을 할 수 있었고, 20분 뒤 음식이 나왔다. 감사하다는 눈 인사를 건네고, 투박하게 생긴 소시지와 빵을 작게 썰어 입에 냉큼 넣었다. 그리도 평범한 것들이 이리도 맛있을 수 있는 거였다니. 인간의 간사함이란…. 가게에서 흘러나오는 재즈, 건물의 빛바랜 색깔들, 어정쩡하게 내리는 비, 찐한 에스프레소 냄새와 퀴퀴하게 스쳐 지나가는 담배 냄새. 모든 게 슬로우가 걸린 것처럼 여유로이 흘러간다. 혹시 꿈이면 어쩌지 싶어 혓바닥을 살짝 깨물어 봤다. 너무 살짝 깨문 건지 전혀 아프질 않아 꿈일 수도 있겠구나 싶었다. 꿈에서 깨어나면 이집트의 숙소일까 봐 무섭다.]

다행히 꿈은 아니었다. 유모차를 끌며 담배를 태우는 엄마들이 지나가며 정신이 번쩍 들었다. 아 내가 유럽에 와 있는 게 맞긴 하구나 싶은 순간이었다.

저녁에는 다뉴브강으로 향했다. 빵기씨는 이미 부다페스트에 와 봤던지라, 이곳의 야경이 얼마나 아름다운지 알고 있었다. 낮보다는 밤을, 밤보다는 황혼의 시간대를 애중하는 나는 분명 부다페스트와 사랑에 빠질 게 불 보듯 뻔했다. 산들거리는 바람이 머리칼 사이사이로 스쳐가는 것을 느끼며 강까지 걸어갔다. 그때 펼쳐진 하늘이 심상치 않았다. 강과 가까워지면 가까워질수록 빨갛게 무르익던 하늘. 나도 모르게 발걸음이 점점 더 빨라졌다. 그렇게 마침내 마주한 다뉴브강 위로 불바다가 일렁이고 있었다. 단언컨대 머리털이 나고 처음 목격한 하늘이었다.

내가 제주를 사랑하는 이유 중 하나가 사면이 바다이기에 마음만 먹으면 보러 갈 수 있다는 점이다. 나는 생각이 많아지면 바다에 가곤 한다. 생각을 정리하기 위함이 아니라 생각을 하지 않을 수 있어서. 누군가는 이를 회피라고 할 수도 있겠지만, 가끔은 생각을 하지 않는 게 도움이 될 때도 있다. 해결의 방법이 오로지 기다림뿐인 현재의 우리와 같이 말이다. 그렇게 다뉴브도 잠시 내게 정지 버튼을 눌러 주었다. 차곡차곡 포개진 다채로운 구름과 눈이 시릴 만큼 반짝이는 윤슬을 바라보며 빵기씨와 우리의 크나큰 실수가 만든 아름다운 결과에 대해 긴 대화를 나누었다. 이번 여행이 그저 순탄했다면 피라미드도 부다페스트의

야경도 보지 못할 뻔했음을, 결국 돌아보면 운명임을, 완벽하지
않아서 완벽한 여행이 되었음을 마음에 여러 가지 다짐 거리들
을 새기며 부다페스트의 아름다운 밤이 찾아왔다.

가끔은 더디게

어제 사 온 과일들을 먹으며 아침잠을 겨우 떨쳐냈다. 여전히 인도 E 비자는 아무런 소식이 없지만, 어느덧 부다페스트에서의 마지막 날이기에 간단하게 시내만 둘러보고 일찍 돌아오기로 했다. 어제는 비가 와서 날이 선선했음을 오늘에서야 깨우쳤다. 하기야 여름인데 이 정도 더위는 자연스럽겠구나. 날도 후텁지근하고 일도 잘 풀리지 않으니 문득 한식이 너무 그리워졌다. 사실 뉴욕 한인타운에서 먹은 충격적인 한식 이후로는 마음을 깔끔하게 정리했다고 생각했는데, 내 입은 매운!! 음식을 들이라고 강력하게 시위하고 있었다. 내일모레면 한국에 돌아가는데도 불구하고 갑작스레 찾아온 반란을 무시하기엔 그 규모가 너무 컸다. 내게 안부를 묻던 후배에게 하소연을 하자, 부다페스트에 위치한 어느 한식당을 추천받았고, 빵기씨와 나는 고민 없이 곧장 그곳으로 향했다. 제육볶음, 김치찌개, 김치전 총 세 가지 메뉴를 시켰고, 밑반찬으로 먼저 나온 오징어 젓갈과 단무지 그리고 오이무침을 살짝만 맛봤는데도 모든 의심이 가셨다. 밑반찬이 맛있으면 맛집이라고 여기는 내 나름의 철학이 적용되었기에, 고로 이 집은 맛집이었다. 15분 정도 기다리니 끝내주는 비주얼의 음식들이 차례로 나왔다. 밥 위에 제육볶음을 올리고 그 위에 단무지 한 조각도 올려 입에 쏙 넣었다. 곧바로 눈물이 송골송골 맺혔다. 사랑애씨에게는 미안하지만 그녀의 요리보다 더 맛있었다. 빵기씨도 분명 맛있는 눈치다. 이미 오래전에 찌개는 동났는데, 어떻게 한 모금이라도 더 마시고자 발굴을 하고 있는 빵기씨를 보고 있자니 가슴이 찡했다. 그렇게 홍가네는 끝내주는 저녁 식사를 마치고, 가벼운 발걸음으로 숙소로 향했다. 부다페스트의 마지막 밤이 매콤하게 무르익어 가고 있었다.

숙소에 돌아와서는 마저 짐 정리를 하고, 이곳에서 지내는 동안 많은 도움을 받았던 건너편 부부에게 감사한 마음을 담은 편지와 과일을 선물하기로 했다. 우리 숙소는 거대한 대문을 거쳐야 들어올 수 있는데, 이 대문은 타고 넘을 수도 없는 구조이며, 공포감을 조성하는 험악한 외관을 띠고 있다. 부다페스트 첫날, 이런 헝가리식 (?) 대문을 처음 겪어보는 홍가네는 어떻게 문을 여는지 몰라 길 잃은 강아지 마냥 그 자리에 하염없이 서 있었다. 시간이 꽤 흘러도 건물에서 나오는 사람이 없자, 자칫했다가는 정말 숙소 앞에서 노숙을 할 수도 있겠구나 싶어 대문에 대고 "HELP!" 소리를 지르기 시작했고, 얼마 뒤 그 부름에 한 부부가 나와서 문을 열어 주셨다. 그렇게 우리의 인연이 시작되었다. 둘째 날 아침, 대문을 안쪽에서 어떻게 여는지를 몰라 쩔쩔매고 있자 마침 담배를 피우고 계시던 남편분이 문을 열어 주셨고, 셋째 날인 오늘은 핸드폰이 꺼져버려 대문 비밀번호를 까먹자, 안에서 담배를 피우고 계시던 아내분이 문을 열어 주셨다. 참 부끄

럽지만, 매번 도움을 받았던 애연가 부부에게 나는 번역기를 돌려 헝가리어로 이렇게 편지를 적었다.

"안녕하세요 저희는 앞집의 바보 부녀입니다. 저희가 머무는 동안 문지기 역할을 해주셔서 진심으로 감사합니다. 한국인들은 똑똑합니다. 저희만 바보니까 오해하지 말아 주세요. 덕분에 헝가리는 더 아름다웠습니다. 다시 한번 감사합니다." 편지를 미리 준비한 과일바구니 위에 얹어 이웃 부부의 문 앞에 뒀다. 정말 감사했음을 알아주셨으면, 또 맛있게 드셔 주셨으면 하는 마음 그뿐이었다.

돌아와서 마저 짐을 싸는데 메일 하나가 와 있었다.
"홍남기 홍채린의 E-비자가 발급되었습니다. 환영합니다."

Chapter. 06

India

캐리어 버리기

역시나 일이 너무 순탄하게 풀린다고 했다. 짐을 붙이는 과정에서 다시 한번 문제가 생겼다. 첫 번째 경유지에서 발생하는 추가 비용은 짐당 10만 원이었다. 그래도 10만 원 정도면 아직까지는 감당할 수 있으니까. 터키쉬 항공을 타고 첫 번째 환승을 마쳤다. 두 번째 환승을 위해 두바이에 가야 하는데 짐 값이 40만 원이었다. 빵기씨와 나는 눈과 귀를 의심했고, 유로로 계산해 보니 50만 원 그 이상이었다. 이는 인도에 5번 갈 수 있는 비용을 낭비해야 한다는 것도 모자라, 두바이에서 인도에 갈 때 또 얼마가 청구될지 모르는 불안정한 상황에 놓인 것을 의미했다.

빵기씨는 깊은 고민에 빠졌다. 비행기 탑승 시간까지는 고작 한 시간도 채 남지 않은 상태였고, 이렇게 추가 비용이 발생한다면 우린 더 이상 여행을 진행할 수도, 고국으로 돌아갈 수도 없는 상황이었다. 그렇게 5분 정도를 머리를 싸매고 있는 아빠를 보며 무엇이라도 해야 할 것 같은 마음에 한국으로 돌아가는 항공편을 알아보기 시작했다. 인도 비자가 나왔으니 저번처럼 돌아가는 일이 어려워 보이지는 않는 듯했다. 그러나 빵기씨는 이렇게 눈앞에서 인도를 놓칠 수 없었나 보다.

"채린아 제일 큰 캐리어 10분 내로 버린다."

충격적인 결정이었다. 그러나 역시 이보다 현명한 방법은 없었기에, 우린 큰 캐리어에 정말 모든 걸 버리기 시작했다. 고데기, 드라이기 새로 산 옷, 수영복, 신발, 기념품, 세안 용품 등등 무게가 조금이라도 나가고 인도에 가서 다시 구매할 수 있는 것들이면 가차 없이 버렸다. 빵기씨는 거의 모든 걸 버렸고, 이번 여행을 하며 가지고 다녔던 수많은 종이 서류도, 아끼던 바지와 셔츠도, 양치 도구와 샴푸 린스도 전부 보내주었다. 캐리어는 금방이라도 터질 듯 부풀어 올랐고, 겨우겨우 지퍼를 잠가 2층 계단의 옆쪽에 위치한 의자에 세워두었다. 두 달 동안 고생 많았다며 작별 인사를 나누고 등을 돌린 채 우린 두 캐빈 백을 들고 홀연히 인도로 향했다.

어메이징 인디아

인도에 도착하자마자 가장 충격적이었던 건 도로 사정이었다. 24시간 내내 울려대는 자비 없는 경적 소리와 소, 사람, 차, 릭샤, 오토바이 가릴 것 없이 뒤엉켜 도로를 엉망으로 만들었고, 핸들을 잡고 있는 사람들의 면허증이 진정 유효한 것인지 의심할 수밖에 없는 끔찍한 운전 실력까지. 공항에서 숙소까지 대략 1시간 정도의 시간 동안, 빵기씨와 나는 손잡이에서 단 한순간도 손을 뗄 수 없었다.

그럼에도 처음 방문하는 인도는 눈을 즐겁게 했다. 형형색색의 빛깔들. 어딘가 분명 오래되고 빛이 바랜 듯 보여도 그 다채로운 색감들이 여전히 선명히 떠오른다. 사람들이 왜 인도를 가장 나중에 가야 한다고 입을 모아 말하는지 단번에 이해할 수 있었다. 첫 여행지로 방문했다면 다른 곳들은 분명 심심했을 테니까. 인도는 여러모로 내게 강렬했다. 소들이 사람보다 더 우대를 받으며 길을 거니는 모습, 길가에 널린 염소들과 나무와 나무 사이를 뛰어다니는 원숭이들. 길바닥에는 누구의 것인지도 모를 오물들이 즐비하고, 쓰레기들이 마구잡이로 널려 있는데도 불구하고 맨발로 돌아다니는 사람들. 어메이징 인디아를 몸소 경험하고 있자니 상식선에서 이해되지 않는 행동들이 서서히 익숙해져갔고, 그들의 상식과 나의 상식이 동등한 선상에 놓여있지 않음을 받아들이게 되었다.

인도의 기온은 내가 방문했던 그 어느 나라보다도 고온다습했다. 그저 덥기만 한 게 아니라 습함이 극에 달하니 빵기씨와 나는 머리 꼭지부터 발끝까지 홀라당 젖은 채로 바라나시 한복판을 돌아다니게 되었다. 인도에 와서부터는 더 이상 화장이라는 게 의미가 없음을 직감하고 맨 얼굴에 마스크를 끼고 다녔다. 빵기씨는 여행 내내 마스크를 끼고 다녔지만, 내게 마스크를 쓰라고 이리도 신신당부한 곳은 인도가 처음이었음을 기억한다. 그럴 만도 한 게, 아무도 마스크를 쓰지 않는 안일한 분위기에 놀라 숙소의 주인장에게 인도는 코로나에 대해 어떻게 생각하냐는 말을 물은 적이 있는데, 그는 별거 아니라는 듯한 표정을 지으며 "인도에 코로나는 없어."라는 망언을 남겼다.

빵기씨가 나를 바라나시에 데리고 온 이유는 갠지스강 때문이다. 힌두교의 성지이자, 죽으러 오는 곳. 숙소 바로 옆이 갠지스강인지라 초저녁 즈음 산책을 나오면, 어둑해진 하늘 아래 늘 무언가 타버린 냄새가 나곤 했다. 갠지스 강에서는 하루에도 셀 수 없는 시체들을 화장하고, 또 강 밑으로도 수장된 시체가 상상도 못 할 만큼 많은데, 이들에게는 너무나도 성스러운 곳이라 그 물에서 씻고, 놀고, 마시기까지 하는. 보고도 절대 믿을 수 없는 광경이지만, 이곳에서는 너무나도 흔하고 당연한 모습이라고 한다. 나는 무교이지만 종교는 가끔 정말 대단하다.

내일 아침이 밝아오면 화장터에 방문해 보기로 했다. 과연 나는 무엇을 보게 될까. 경적 소리가 하도 울려대서 이젠 서서히 무뎌져 간다. 소음 없는 밤이 어땠는지조차 기억이 희미하다. 당장 해결해야 할 일은 눈앞에 놓인 이 막장 도로를 건너 저편으로 넘어가는 것 그뿐이기에.

삶과 죽음이 공존하는

갠지스 강에 가기 전, 우린 한국 입국을 위한 코로나 검사를 받아야 했기에 주인장이 잡아준 릭샤를 타고 병원으로 곧장 향했다. 그래도 병원은 조금 다르겠지 했던 마음이 덜컥 내려앉았다. 나름 큰 병원이라던 그곳의 첫인상은 '열악하다'. 시설은 상상 이상으로 낙후되어 있었고, 병원이기에 더욱 철저하게 지켜져야 하는 위생 상태는 (그들 나름대로의 시스템이 있었겠지만) 최악이었다. 빵기씨는 익숙한 듯 보였지만, 나는 '병원'이라는 이미지와는 거리가 많이 떨어진 이 기관을 보며 경악을 금치 못했다. 그럼에도 불구하고 사람이 차고 넘쳐 자리가 없을 정도였으며, 의자 밑으로도 가릴 것 없이 사람들은 대기하고 있었고, 동시에 모두가 우리를 쳐다보고 있었다. 그때 간호사가 우리를 호명했고, 문이 없는 작은 입원실에 들어갔다. 누렇게 뜬 침대에 앉아 그간 수도 없이 해왔던 입으로 한 번 코로 한 번을 해치우면 되는데… 먼저 검사를 하는 빵기씨가 괴로워한다. 우리 빵기씨로 말할 것 같으면, 병원에서 하도 아픈 내색을 안 해서 혼나는 사람인데, 코에 그 가느다란 봉이 들어가자마자 심히 콜록댄다. 이미 코로나 검사로는 도가 텄는데, 어메이징 인디아 버전은 또 다른가? 싶었다. 빵기씨와 고통에 대한 작은 언질조차 나누지 못하고 곧바로 난 도마 위에 올랐다. 입은 가볍게 넘겼지만 코는 꽤 깊숙이 들어갔고, 머랭을 치듯 막대기를 둘러댄다. 한국에서 이렇게까지 아프게 하는 기관이 있었던가? PCR검사,

신속 항원 검사, 자가 검사 키트까지 안 해본 검사가 없던 나는 처음 느껴보는 고통에 눈물이 줄줄 났다. 하나의 커리어를 더 쌓은 셈이랄까.

그나마 릭샤를 타니 인도의 날씨를 견뎌낼 수 있는 정도였다. 습한 바람을 그대로 맞으며 우린 자비 없는 카오스로 뛰어들었다. 덜컹거리는 도로와 늘 붐비는 사람들로 생기는 교통 체증, 길 한복판에 소가 가만히 서있는 것조차도 익숙해졌는데, 여전히 우릴 빤히 바라보는 시선만은 낯설다. 갑자기 릭샤 기사가 뒤를 돌더니, 이름 모를 이 시장통에서 내리란다. 왜 화장터까지 못 가냐고 묻자, 오늘은 행사가 있는 날이라 여기서부터는 걸어가야 한다며 어쩔 수 없다는 표정을 비춘다. 위치 파악을 위해 서둘러 구글맵을 키는데, 길을 지나가던 한 남성이 우리에게 말을 걸어온다. 본인은 이 근방에서 스카프 장사를 오랫동안 하고 있어서 화장터 가는 길은 바삭하게 알고 있고, 목적지까지 데려다주는 김에 작은 투어도 살짝 시켜주겠단다. 뭐 길을 아는 건 둘째 치고, 스카프를 팔고 있다는 본인의 소개가 마음에 크게 걸렸다. (이집트 삐끼가 압도적이어서 그렇지 인도 삐끼도 만만치 않다) 보나 마나 끊임없이 가게 홍보를 하겠구나 싶었지만, 빵기씨 생각에는 이 더위와 인파에 맞서 길까지 찾으며 돌아다니는 건 역시 정신없을 것 같았는지, 결국 우린 그와 동행하기로 했다.

역시나 길을 함께 걸은지 고작 5분 만에 스카프 타령이 시작되었다. 본인이 운영하는 가게에 고두심 배우가 왔었는데 스카프를 대량 판매했다며, 한국인들이 좋아하는 스타일이 많으니 화장터에 갔다 꼭 들리자는 홍보를 틈만 나면 해댄다. 한국말도 조금씩 하는데 능숙한 걸 보니 꽤 많은 피해자가 있던 걸로 유추되었다.

주황빛으로 화려하게 치장한 사람들이 동냥 그릇 같은 것을 들고 긴 줄을 늘어트리고 있음에, 어떤 큰 행사가 있다는 건 분명해졌다. 릭샤도 오토바이도 없었지만 평소보다 더 복잡한 길. 호객하는 사람들 피하랴 동냥하는 사람들 피하랴 그저 걷는 일조차도 버거웠기에, 지금으로써는 스카프 아저씨가 최고의 해결책이었다. 어딜 가던 누가 무엇이 다가오던 모세의 기적이 열렸다. 처음으로 아주 잠시나마 인도에서 편안함이라는 것을 느껴보았다. 우리에게 쏠리던 시선이 그나마 거두어지니 인도를 있는 그대로 바라볼 수 있는 좋은 기회가 생겼다.

길을 걷고 또 걸어도 끝이 보이질 않는다. 대체 우릴 어디서 내리게 한 건지. 슬슬 버거워지기 시작할 때 즈음, 스카프 아저씨는 지친 우릴 라씨 가게로 인도했다. '시원 라씨'라고 한글로 크게 적혀 있는 간판. 가게 안에는 한글로 적힌 메모지들이 벽을 빼곡히 메우고 있었다. 한국인들이 애정 하는 가게가 분명했고, 한국인들의 입맛을 믿고 싶었다. (맛있길 정말 간절히 소원했던 홍채린) 망고 라씨 3개를 주문했다. 처음 먹어본 라씨는 차갑고

걸쭉한 망고 요거트에 잔뜩 씹히는 견과류가 식감을 묘하게 만들어 주는 정말 매력적인 음식이었다. 한국에 돌아가면 라씨 사업을 해볼까 하는 생각이 잠깐 들 정도로 말이다. 특히 이런 더위에 먹는 라씨는 몸의 열을 단번에 삭혀주는 현명한 선택이었다. 꼬질꼬질한 셋은 나란히 의자에 앉아 라씨를 빠르게 들이키고 다시 여정 길에 올랐다. 전보다 확실히 기운을 차린 채.

겨우 도착한 화장터에는 나를 제외하고는 여자가 거의 없는 것 같다. 여기부터는 카메라와 핸드폰 등 전자기기는 모두 사용이 불가하다며 단단히 주의를 받았다. 계단을 올라 가트에서 강을 내려다보았다. 시체를 보내주는 이들, 씻는 사람들, 활활 타오르고 있는 무언가, 마저 타지 못한 채 떠내려가는 무언가. 갠지스 강은 인도의 도로 사정만큼이나 혼잡했다. 저 위로는 새까만 매연이 새어 나오고 있었다. 아마 화장을 진행하는 곳인 듯 보였다. 흥미롭다는 듯 그곳을 바라보자, 화장하는 과정을 가까이서 보여주겠다며 우리를 데리고 화장터로 올라갔다. 그곳에는 작은 꽃들이 에워싼 6구의 시체들이 주황빛 천에 돌돌 감겨 영원의 불꽃으로 활활 타오르고 있었다. 이를 보며 그 누구도 눈물을 흘리지 않는다. (흘려서도 안된다)

인도에는 여전히 신분제인 카스트제가 남아있다. 그들은 죽음을 통해 윤회를 벗어나길 염원하고, 갠지스에서의 죽음은 곧 해탈이라고 말한다. 그러나 화장 비용에서부터 빈부의 차가 나타난다. 어느 것은 재만 남을 때까지 태워 갠지스 강에 뿌려지고,

어느 것은 일부만 탄 채 강에 수장된다. 생전에 지불한 금액만큼의 딱 그만큼의 나무와 시간이 이를 결정하기에. 내가 가트 위에서 내려다 본 갠지스는 이런 모습이었다. 털 태워진 시체들과 태워지고 있는 시체들, 그리고 재가 되어 유유히 강을 넘실거리고 있는 영혼들. 또 옆에서는 그 물을 마시고 빨래를 하고 수영을 즐기는 아이들, 시체를 보내주고 다시 강을 건너오고 있는 청년들. 삶과 죽음이 선명히 공존하는 이곳. 그러니까 우리의 인생이 갠지스 안에 모두 담겨 있다. 결코 조용하거나 엄숙하지 않은, 시끄럽고 정신없는 분위기가 모든 걸 더 진지하고 담담하게 받아들일 수 있게 해주었다. 눈물이 나지도 않았고 신기하다고 느껴지지도 않았다. 그저 모든 게 자연스럽다고 여겨졌다. 그 열기가 너무 뜨거워 순간적으로 정신이 혼미했고, 내 육신의 일부도 함께 타들어가는 것만 같았다.

그들이 이곳에서 평안을 찾듯, 나도 언젠가 그럴 수 있을까?

187

에필로그

들어가기까지 가장 복잡하고 까다로웠던 인도는 우릴 미련 없이 놓아 주었다. 무사히 방콕 수완나품 공항에 도착하니, 지구 산책의 종지부가 얼마 남지 않았음을 직감했다. 인도에서 받은 코로나 검사는 다행히도 둘 다 음성이었지만, 시간 계산이 애매하게 빗나가 결국 태국에서 다시 한번 코로나 검사를 받아야 했다. 공항 1층 외부에서 여럿 보이는 한국인들과 나란히 검사를 받았고, 역시나 우린 음성 결과지를 안은 채 대한민국으로 향하는 비행기에 오를 수 있었다. 날씨가 좋지 않아 2시간가량 연착되었으나, 집으로 돌아가기 위해 조금 더 기다리는 것쯤은 아무렇지도 않은 일이었다. 어서 포근한 보금자리와 날 애타게 기다리고 있을 사랑애씨와 친구들, 맛있는 음식, 그리고 언젠가부터 그리워진 한국어까지도.. 그 커다랗고 소중한 것들을 얻기 위해서 지금의 기다림은 신발 속에 굴러다니는 작디작은 돌멩이들일 뿐이었다.

그리하여 우린 45일간의 대장정을 마치고, 무사히 한국에 돌아왔다. 여기저기서 들려오는 한국어는 낯설었고, 집으로 돌아가는 길에 내리치는 천둥 번개 그리고 폭우는 여전히 방콕에 발이 묶인 기분이었다. 꿈에서 서서히 깨어나는 그 기분은 늘 별로다.

지구 산책을 다시 돌아보았을 때, 어떤 형태이든 간에 내게 그리고 이 책에 남은 건 이렇게 세 가지라고 여긴다.

1. 지구의 결
내가 나고 자란 지구의 본연의 결을 따라 찬찬히 산책하며 나를
돌아보는 시간을, 그리고 그 공간을 담다.

2. 쉼과 삶
하고자 하는 것을 계속 이어가기 위해 필요한 것은 쉼.
그렇게 쉬다 보면 다시 하고 싶어지는 시기가 분명 찾아온다.
하고 싶든 그렇지 않든 어쨌든 살아지는 것이 삶이니.

3. 성장통
보고 느끼고 배우고 아파했으며 그 끝은 배부름이었다. 이번 산
책을 통해 일궈낸 가장 큰 수확은, 나는 아직 무지한 인간임을
가슴 깊이 새긴 것.

눈과 마음에 담은 것들을 소복이 쌓아 올려, 보다 생생한 지구
산책에 모두가 동행할 수 있길 바라며 이 책을 마친다. 당신들에
게도 이름 모를 온전함이 어느새 가득 차오르기를 바라며.

- 지구 산책 지은이 홍채린 드림

2022년 12월 31일
지구 산책을 온전히 마무리하다.

지구 산책

발 행 | 2023년 1월 12일
저 자 | 홍채린
펴낸이 | 한건희
펴낸곳 | 주식회사 부크크
출판사등록 | 2014.07.15.(제2014-16호)
주 소 | 서울특별시 금천구 가산디지털1로 119 SK트윈타워 A동 305호
전 화 | 1670-8316
이메일 | info@bookk.co.kr

ISBN | 979-11-410-1138-3

www.bookk.co.kr